DREAMBOOKS★

DREAMBOOKS

DREAMBOOKS

DREAMBOOKS★

地獄王 지옥왕 7

요도 김남재 신무협 장편소설

ORIENTAL FANTASYSTORY & ADVENTURE

dream books
드림북스

지옥왕(地獄王) 7

초판 1쇄 인쇄 / 2012년 12월 13일
초판 1쇄 발행 / 2012년 12월 17일

지은이 / 김남재

발행인 / 오영배
편집팀장 / 권용범
책임편집 / 편집부
펴낸 곳 / (주)삼양출판사 · 드림북스

주소 / 서울특별시 강북구 송천동 322-10호
대표 전화 / 02-980-2112 팩스 / 02-983-0660
편집부 전화 / 02-980-2116 팩스 / 02-983-8201
블로그 / blog.naver.com/dreambookss

등록번호 / 제9-00046호
등록일자 / 1999년 3월 11일

ⓒ 김남재, 2012

값 8,000원

(주)삼양출판사 · 드림북스의 시면 허락 없이는 어떠한
형태나 수단으로도 이 책의 내용을 이용하지 못합니다.

ISBN 978-89-542-4983-6 (04810) / 978-89-542-4833-4 (세트)

* 지은이와 협의하에 인지는 생략합니다.
* 잘못된 책은 구입한 곳에서 바꾸어 드립니다.

요도 김남재 신무협 장편소설

ORIENTAL FANTASYSTORY & ADVENTURE

7

地獄王
지옥왕

dream books
드림북스

地獄王
지옥왕

第一章 요마력(妖魔力) · 007
- 옳지 못한 힘입니다

第二章 표적 · 035
- 그녀가 필요하다

第三章 내전 · 063
- 내가 누군지 아느냐

第四章 대홍련(大紅聯) · 091
- 전부 잡아들여

第五章 반격 · 131
- 가만히 당할 수는 없지

第六章 선택 · 159
- 때가 되어 가는군

第七章 출전 · 185
- 싸움터로 가지

第八章 천사단(天死團) · 199
- 이상하군

第九章 천라지망(天羅地網) · 235
- 당했군

第十章 혈왕(血王) · 263
- 드디어 만났군

第一章
요마력(妖魔力)

옳지 못한 힘입니다

믿을 수 없는 일이 벌어졌다.

어떻게 한낱 인간의 몸에서 요괴들이나 뿜어 댈 수 있는 요력이 흘러나온단 말인가. 그것도 이 정도라면 하급 요마의 수준을 훨씬 뛰어넘는다.

순간 상대가 인간의 모습을 한 요마인가 생각했던 인주는 고개를 저었다.

이런 수준의 요력을 뿜어낼 존재라면 애초에 지상으로 내려오지 못해야 정상이다. 더군다나 지금 설화에게서 풍겨 나오는 요력은 보통의 요력과는 느낌이 달랐다. 하지만 지금으로서는 그러한 세세한 부분까지 파악할 여유가 없었다.

인간의 몸에서 요력이 풍겨져 나온다면…….

순간 인주는 상황을 파악해 냈다.

'지혈석?'

지혈석에 대해 들었던 것이 떠오른다.

명부의 그 무엇이라도 벨 수 있고 또 어마어마한 힘을 주기도 한다고 들었다. 그렇다면 지금 저 인간은 지혈석을 먹음으로써 이 같은 기운을 뿜어내는 것이 분명하다.

인주도, 지혈석을 먹은 당사자인 설화도 생각지도 못한 일이 벌어진 것이다.

지혈석의 힘이 몸으로 흡수되며 설화에게 커다란 요력이 쌓여 가고 있는 상황이었다. 빛이 점점 뒤섞이며 혼탁한 회색빛을 내뿜었다. 그리고 설화는 그런 회색빛 무리 속에서 전신이 타오르는 듯한 고통을 느끼고 있었다.

하지만 비명조차 나오지 않는다.

머리를 묶었던 끈은 이미 녹아 버린 지 오래다.

머리카락은 산발이 되어 사방으로 흩날렸고, 옷자락들이 광풍에 휩싸인 듯 펄럭인다.

동굴이 무너질 듯이 흔들렸다.

상황이 이상하게 돌아갔지만 인주는 침착했다.

"감히 그걸 먹었다 이거지?"

인주가 눈을 부라리며 쌍검에 손을 가져다 댔다. 비록 상대에게서 뿜어져 나오는 요력이 가득하나 지금은 그녀 또한 무척이나 화가 난 상태다.

그리고 천하에 혈왕을 제하고는 자신이 상대 못 할 존재가 있을 거라 생각하지 않았다.

요력을 얻었다고 한들 어차피 그것도 사용하는 이에 따라 다른 것이다. 흡사 내단을 통해 몇 갑자의 내공을 얻는다 해도 그것을 자신의 것으로 만들기에는 시간이 걸리기 마련.

요력 또한 마찬가지다.

당장에 요력을 얻는다 해서 자유자재로 그것들을 구사할 수는 없는 노릇이 아닌가.

그리고 그런 앞뒤 상황을 재기에는 지혈석을 잃게 된 인주의 분노가 너무 컸다. 당장에 눈앞에 있는 자를 찢어 죽이지 않으면 성이 풀리지 않으리라.

쌍검이 그대로 날아들었다.

부웅!

검이 설화의 목을 벨 듯이 양옆으로 날아들었다.

회색빛을 가르며 검이 정확하게 설화의 양쪽 목에 닿았을 때였다.

멈칫.

날아들던 검이 종이 한 장 차이로 멈춰 서더니 움직이지를 않는다.

인주의 표정이 변했다.

"이, 이게……!"

설화가 인주를 바라보고 있었다.

그것은 평소의 설화의 눈동자가 아니었다. 눈동자가 새빨간 색으로 변했다. 흡사 지혈석의 색깔처럼. 그리고 인주를 내려다보는 그 표정에는 아무런 감정도 느껴지지 않았다.

설화의 몸에서 요력이 터져 나왔다.

덩달아 인주는 쌍검을 휘두르며 날아드는 요력을 받아 내며 뒤로 물러났다. 황급히 동굴 밖으로 뛰쳐나온 인주를 뒤따라 설화 또한 따라 움직였다.

바깥으로 따라 나온 설화가 손을 뻗었다.

콰릉!

짧은 소리와 함께 인주의 뒤편에서 커다란 돌이 솟구쳐 올라 덮쳐 온다. 하지만 인주 또한 쉬이 당하지 않겠다는 듯 검을 휘둘렀다.

쌍검이 돌을 두부처럼 베어 버렸다.

인주가 천천히 상대를 응시했다. 상태가 뭔가 이상하다. 무표정한 눈동자도 그렇지만 전신을 부들부들 떨고 있다.

어떻게 된 것인지는 정확히 파악할 수 없지만, 멀쩡한 상태가 아니라는 건 분명하다.

"제정신이 아니구나."

조롱 섞인 말에도 설화는 반응하지 않았다. 그 모습을 보며 인주가 분한 얼굴로 중얼거렸다.

"최대한 괴롭게 죽여도 성이 안 풀릴 판국에……."

인주가 쌍검을 들어 올렸다. 두 개의 강기가 순식간에 쌍검을 감싸 안았다. 커다란 힘이 밀려들며 당장에 주변의 기운이 요동쳤다.

인주가 차가운 시선으로 설화를 바라봤다.

죽이고야 말 것이다.

혈왕이 그토록 원하는 물건인 지혈석이다. 그런 물건을 먹어 버린 저놈을 어찌 살려 둘 수 있겠는가.

"호호, 나도 죽겠지만 그래도 혼자 갈 수는 없잖아? 같이 가야지?"

쌍검을 양옆으로 뉘이며 인주가 발걸음을 옮겼다.

그녀의 등 뒤로 수천 명의 무인들이 모였을 때나 풍길 법한 위압감이 쏟아져 나왔다.

설화는 다가오는 인주를 막기 위해 요력을 쏟아 냈다. 하지만 아직 설화는 자신의 몸 안에 있는 요력을 완전하게 사용하지 못했다. 그리고 그런 설화의 앞에 있는 것은 혈왕의 수족 중 하나인 인주였다.

요력이 커다란 불덩이가 되어 날아들었지만, 인주의 검강이 더욱 강력했다.

번쩍!

검강이 갈라 버리는 것과 동시에 쌍검이 빛을 발했다. 강기의 가닥들이 설화를 노리고 날아들었다. 원래의 설화였다면 그 일격을 막아 내지 못하고 찢겨 나갔을 것이다.

하나 정신을 놓아 버리긴 했으나 요력을 사용하게 된 설화는 황급히 힘을 일으켰다. 요력이 그녀를 감싸 안았다. 하지만 강기의 힘이 만만치 않았는지 설화의 몸이 튕겨져 나갔다.

쿠웅!

벽에 처박힌 설화를 향해 인주가 천천히 걸어왔다.

설화의 입가를 타고 피가 주르륵 흘러내렸다. 하지만 그럼에도 불구하고 설화는 여전히 무표정하니 인주를 바라보고 있을 뿐이었다.

인주와 설화의 거리가 지척에 닿았다.

손만 뻗으면 죽일 수 있을 정도로 거리를 좁힌 인주가 힐끔 뒤를 돌아봤다. 무엇인가 기척을 느낀 탓이다. 그리고 예상대로 뒤쪽에서 두 명의 사내가 모습을 드러냈다.

적월과 몽우였다.

갑자기 터져 나온 요력을 느끼고 두 사람이 황급히 이곳으로 달려온 것이다. 뒤를 쫓고 있는 명객들도 있었지만 둘에게는 그자들이 그리 중요치 않아 보였다.

적월은 인주와 설화를 확인했다.

설화가 내상을 살짝 입은 것 같긴 했으나 겉보기에는 크게 이상이 없어 보인다. 적월이 설화가 멀쩡한지 확인하기 위해 다급히 물었다.

"설화, 괜찮아?"

적월이 황급히 설화를 향해 말을 걸었다.

하지만 적월이 말을 걸었음에도 불구하고 설화는 고개조차 돌리지 않았다. 그저 인주를 향해 묵묵히 손을 들어 올린 그녀의 몸에서 다시금 요력이 꿈틀거린다.

요력을 느낀 적월과 몽우의 표정이 당황스러움으로 물들었다.

설화는 보통 인간이다. 그런데 어떻게 요력을 뿜어 대고 있을 수 있단 말인가.

갑작스럽게 터져 나온 요력을 느끼고 둘이 놀라 달려온 것이기는 하지만 설마하니 그 주인공이 설화일 거라고는 생각하지 않았다.

그리고 그런 둘의 궁금증을 풀어 줄 수 있는 자가 하나 있었다. 동굴에 숨어서 상황을 바라만 보고 있던 풍천이 적월을 발견하고는 황급히 달려 나왔다.

"두목!"

"어떻게 된 거야? 설화는 왜 저래?"

"그, 그것이 설화 님이 인주에게 지혈석을 빼앗기지 않기 위해 배 속에 숨기려고 먹었는데…….”

"지혈석을 먹었다고?"

놀란 얼굴로 적월이 되물었다.

그러자 풍천이 황급히 고개를 끄덕였고, 적월은 다시금 설화를 확인했다.

멍한 표정, 하지만 몸 주변에서 꿈틀거리는 요력은 설화의 내부에서 무엇인가 변화가 있음을 암시하고 있었다.

적월은 오랜 시간 요력을 익혀 왔다.

그랬기에 잘 알 수 있었다.

지금 설화의 상태는 위험했다.

그리고 몸에서 풍겨져 나오는 요력 또한 무척이나 탁했다.

흡사 마공을 익힌 무인을 보는 느낌이라 해야 옳을 게다. 지금의 설화가 딱 그러한 상태였다. 마공을 잘못 익혀 주화입마에 빠진 듯한 그러한 상황 말이다.

인주가 적월과 몽우를 바라보며 입을 열었다.

"조금 늦었네?"

"너……."

적월이 인주에게 거칠게 말을 내뱉으려다가 애써 참아 냈다. 지금 인주가 그녀를 죽이려 든다면 뒤에 있는 적월로서는 쉬이 막아 내기 어려울 것이다.

어떻게든 빈틈을 만들고 요력으로 설화를 지켜 내야 한다.

물론 그것도 지금 상황에서는 그리 쉽지 않아 보였다.

적월이 애써 침착하게 말했다.

"설화한테 손대지 않으면 그냥 보내 주지. 너 혼자서 우리 둘을 감당할 수 있다 생각하지는 않을 거라고 보는데."

"거절하지. 난 반드시 이놈을 죽일 거거든."

"설화를 죽이고 네가 살 수 있을 거라 생각해?"

"아니, 반대야."

인주가 담담하니 말했다.

적월의 말이 맞다.

지옥왕도 아닌 이런 인간 하나와 바꾸기에 자신의 목숨이 너무 아깝지 않은가. 적월의 말대로 인간 하나의 목숨을 주고 자신의 생명을 유지한다면 그것만큼 남는 장사가 어디 있겠는가?

하지만 하나 틀린 것이 있다.

지금 적월이 살려 준다 한들 자신이 살 수 없다는 것이다.

인주가 웃으며 말했다.

"지혈석이 저놈 몸 안에서 녹아 버려서 이제 회수할 수 없게 됐거든. 그 말이 뭔지 알아? 내 목숨도 결코 부지할 수 없다는 거야. 너희가 살려 줘도 혈왕 님이 날 죽일 테니까. 그런데 왜 내가 날 죽게 만든 이놈을 살려 줘? 누구 좋으라고?"

웃으며 말하는 인주의 얼굴에는 살기가 가득했다.

말을 하면서 분노가 더욱 솟구친 것이다.

고작 이런 인간 놈 하나 때문에 자신이 죽어야 한다. 영겁의 시간을 살며 세상 모든 인간을 발아래 둔 자신이다. 그런 자신이 우습게도 인간 하나 때문에 죽어야만 한다.

화가 난다.

그리고 결코 용서할 수 없다.

인주가 검을 치켜들었다.

적월 또한 그 모습에 뽑아 들고 있던 요란도를 꿈틀했다.

누가 더 빠를까?

인주가 설화를 죽이는 것과, 적월이 인주를 베어 버리는 것.

적월이 입술을 깨물었다.

일 할의 반의반도 채 되지 않는 승산이다.

벽에 틀어박힌 채로 요기를 흘려 대고 있는 설화는 자신이 위험한 것을 아는지 모르는지 그저 멍하니 인주를 응시할 뿐이었다.

하지만 정신은 잃고 있으나 설화의 몸 주변에 흐르는 요기는 위험을 감지한 듯이 점점 날뛰기 시작했다.

인주가 검을 더욱 강하게 움켜잡았다. 요력을 사용해 반항하기 전에 죽여야만 한다.

거리가 이 정도인 이상 제아무리 지옥왕이라 해도 막을 수 없다.

인주가 막 치켜든 검을 내리치려는 그 찰나!

— 멈춰라!

쩌렁쩌렁 울리는 외침이 인주의 귓가를 파고들었다. 그 목소리를 듣는 순간 인주는 자신도 모르게 무릎을 굽힐 뻔했다.

그 목소리의 주인공은 다름 아닌 혈왕이었다.

놀란 인주가 주변을 두리번거렸지만 그 누구도 이 목소리를 들은 것 같지 않다. 하지만 잘못 들은 것이 아니다.

인주가 검을 내려놓고 주변을 두리번거렸다.

혈왕의 힘이 신묘한 것은 알고 있었다.

하지만 이런 적은 없었다.

지금 자신이 서 있는 이곳과 혈왕의 본거지는 무척이나 멀다. 전음이나 이런 걸 날릴 수 있는 상황이 아니다. 더군다나 지금의 외침은 흡사 이 상황을 보지 않았다면 날릴 수 없는 것이기도 했다.

그렇게 먼 거리에서 보고, 또 전음을 날릴 수 있다는 건 믿을 수 없는 일이다. 그랬기에 인주는 혈왕이 근처에 있는 것인가 살피기 위해 둘러본 것이었다.

하지만 이내 인주는 고개를 저었다.

혈왕은 화마극지에서 쉬이 빠져나올 수 없는 몸이다. 이곳까지의 거리가 얼마인데 혈왕이 있을 수 있단 말인가.

그리고 바로 그때 혈왕의 목소리가 다시금 이어졌다.

─ 인주, 그놈을 죽이지 말고 물러나라.

"대체 이놈을 왜……."

전음이 닿을 수 있는 거리가 아니다. 그랬기에 인주는 자신도 모르게 입 밖으로 말을 꺼낸 것이다.

말을 꺼내 놓고도 인주는 아차 했다.

자신의 목소리를 혈왕이 들을 수 있을 리가 없지 않은가.

하나 그런 인주의 생각은 틀렸다.

─ 내 말이 들리지 않더냐? 돌아오라 하였다.

다시금 들려온 혈왕의 말에 인주가 당황한 표정을 지어 보였다. 그리고 이내 혈왕이라는 존재의 힘에 다시금 놀랄 수밖에 없었다.

이렇게 먼 거리를 보고 들을 수 있다니…….

이건 신(神)이라고밖에 볼 수 없다.

하지만 동시에 의문이 생긴다.

그렇다면 어째서 여태까지 급한 일이 있을 때도 이처럼 연락을 취하지 않았던 것인가?

실제로 혈왕이 자신들을 부를 때는 천주를 시켜 사람을 보냈지, 결코 이렇게 머릿속을 울리는 듯한 목소리로 연락을 취한 적이 없다.

이런 말도 안 되는 것이 가능했다면 왜 여태까지 번거롭고 시간이 걸리는 그런 방법을 쓴 것일까?

하지만 인주의 생각은 길어질 수 없었다.

— 지혈석을 잃은 것을 용서해 주지. 아니, 오히려 잘됐다. 그러니 이쯤에서 물러나라.

용서를 해 준다는 말에 인주의 얼굴에 화색이 돌았다. 동시에 이런 혈왕의 능력에 생겨났던 의문들도 눈 녹듯이 사라졌다.

그녀가 고개를 끄덕이며 입을 열었다.

"알겠습니다."

말을 마친 인주가 명객들을 향해 가볍게 손짓했다. 그러자 그들은 바로 나무 사이로 다시금 몸을 감추고 사라졌다.

설화와 적월 사이에 서 있던 인주가 천천히 쌍검을 검집에 집어넣었다.

찰칵.

검을 집어넣은 인주가 웃으며 입을 열었다.

"아무래도 우리 인연은 여기가 끝이 아닌 모양이네. 이만 갈게. 오늘은 이렇게 가지만 다음엔 반드시 죽일 거야."

웃고 있던 인주가 몽우를 바라보며 말을 이었다.

"아, 너도 잊지 않고 있어. 네놈도 꼭 죽여 줄게. 그러니까 숨지 말고 있어."

"끄응."

몽우가 뒷머리를 긁적거리며 마찬가지로 웃는 얼굴로 마주 봤다.

그런 몽우를 보며 인주가 표정을 구겼지만, 더는 이곳에 머물 이유가 없다. 인주는 그대로 몸을 날려 명객들이 사라진 쪽으로 사라졌다.

그렇게 인주가 사라지자 적월이 설화를 바라봤다.

그녀는 여전히 요력을 흘리며 서 있었다. 적월이 그런 설화를 바라보며 입을 열었다.

"우선은…… 저 녀석부터 챙기지."

적월이 다가가자 설화의 몸에서 한층 요력이 강하게 흘러나왔다.

요력을 흘리는 설화를 보며 적월은 그녀가 자신조차 알아보지 못하고 있다는 걸 알 수 있었다. 풀려 버린 눈동자를 보아하니 지금 제대로 된 의식조차 지니지 못했음을 알 수 있었다.

계속해서 흘러나오는 요력. 그리고 그럴수록 설화의 상태는 나빠 보였다.

풍천이 다급히 말했다.

"서둘러 제압하셔야 합니다. 이대로 뒀다가는……."

"말 안 해도 대충 알아."

적월이 풍천의 말을 잘랐다.

지혈석의 요력은 적월 자신의 것과는 무엇인가 달랐다. 혼탁한 기운이 주변을 뒤덮는다. 그리고 그 기운이 강해질수록 설화의 상태도 좋지 않아 보인다.

빠르게 제압해야 한다.

적월의 손끝에도 요력이 맴돈다.

그리고 그런 요력을 느낀 탓인지 설화 또한 적월에게 시선을 고정한 채로 천천히 틀어박혔던 벽에서 몸을 빼냈다.

설화가 손바닥에 요력을 집중했다.

적월을 향해 당장이라도 공격을 가할 기세다.

차라리 적이라면 요력을 쏟아부어 쓰러트리면 그만이다. 하지만 적월의 앞에 있는 것은 다름 아닌 설화였다. 그랬기에 적월은 최대한 부상 없이 그녀를 제압해야 했다.

적월이 한 걸음 더 다가가는 바로 그때였다.

설화에게서 요력의 덩어리가 쏟아져 나왔다.

하지만 적월에게 그 힘은 감당하기 그리 어렵지 않았다. 적월은 가볍게 요기를 운용하는 것만으로 설화의 공격을 밀어냈다.

적월이 그대로 설화에게 달려들었고, 그녀는 피하기 위해서 허공으로 솟구쳤다. 하지만 그보다 적월의 손이 더욱 빠르게 그녀의 발목을 움켜잡았다.

강하게 잡아당기며 적월은 시각혈을 향해 손을 뻗었다. 시각혈은 턱 쪽에 위치한 혈도로 점혈당하는 순간 혼절하게 된다.

하지만 설화 또한 그리 쉽게 당하지 않겠다는 듯이 요력을 쏘아 냈다. 그 순간 뒤편에 있던 돌 벽이 부서지며 파편이 적월을 향해 날아들었다.

피하기 위해서는 손을 놔야만 했고, 그랬다가는 설화를 제압하기 위해 조금 더 시간을 끌게 될 게 자명한 노릇이다.

적월은 손을 놓지 않고 가볍게 고개를 비틀었다.

피잇.

날카로운 돌멩이가 칼처럼 턱 아래를 스치고 지나갔다. 그리고 동시에 적월의 손이 설화의 시각혈을 점했다.

털썩.

설화의 몸 주변에서 솟아나던 요력이 거짓말처럼 사라지며 그녀 또한 그대로 쓰러졌다. 쓰러지는 그녀를 한 손으로 받아 든 적월이 손등으로 턱을 쓸었다.

스치고 지나간 돌 탓에 턱과 목 사이에 상처를 입었다.

제법 깊어 보였지만 치명상은 아니다. 피를 대충 옷으로 닦아 낸 적월이 설화를 둘러업었다. 지금은 이런 부상이 문제가 아니다.

적월이 설화를 둘러업은 채로 추위를 피할 만한 장소를 찾기 위해 발을 옮겼다. 발을 쉬지 않고 움직이며 적월이 풍천을 향해 말했다.

"이게 어떻게 된 일인지 자세히 이야기 좀 해 봐."

* * *

한 치 앞도 분간하기 힘들 정도의 어둠이 주변을 뒤덮고 있다. 그리고 그런 어둠 속에서 설화는 걷고 있었다. 어디로 가는지도, 또 지금 자신이 어떠한 연유로 걷고 있는지도 모르는 채로.

보이는 것은 끝없는 어둠.

그럼에도 불구하고 설화는 계속해서 걸었다.

이 어둠이 끝나기를 기다리기라도 하는 것처럼.

얼마나 걸었을까?

마침내 끝없이 길게만 느껴지던 어둠의 끝자락에 도달했을 때 그곳에는 너무나 익숙한 한 사람의 모습이 보였다.

아버지······.

위풍당당한 설리표가 자신을 바라보고 있었다.

설화는 다급히 설리표를 향해 달려갔다. 하지만 손을 뻗는 바로 그 순간 설리표가 불에 휩싸이며 재로 변해 버렸다.

먼지처럼 사라져 가는 설리표를 보며 설화가 허망한 표정을 지어 보였다.

방금 전까지 설리표가 서 있던 자리를 멍하니 바라보던 설화가 머리를 움켜잡으며 소리를 질렀다.

"아악!"

그리고 그 순간 설화는 눈을 부릅뜨며 자리에서 일어났다.

자리에서 일어난 설화는 명치 부분의 옷깃을 움켜쥔 채로 거친 숨을 몰아쉬고 있었다.

"헉헉."

잠시 숨을 고르던 설화의 눈에 들어온 것은 자신을 덮고 있는 모포였다. 그리고 자신에게 향해 있는 시선들 또한 느꼈다.

설화가 그 시선들을 향해 눈을 돌렸다.

그곳에서는 자신을 바라보는 적월과 몽우, 그리고 풍천이 있었다.

아직도 머리가 지끈거리는 통에 설화는 지금 상황을 제대로 인식하지 못했다. 하지만 이내 방금 전에 설리표의 모습을 보았던 것이 꿈임을 알게 됐다.

그리고 또 하나……

설화가 자신도 모르게 손바닥을 꾹 눌렀다.

힘을 준 탓에 손바닥이 얼얼했고, 설화는 미간을 찡그렸다.

지금 이건 꿈이 아니다.

설화가 눈을 뜬 이곳은 동굴이었다.

"괜찮아?"

다가오며 말을 거는 적월을 보며 설화는 힘겹게 고개를 끄덕였다. 전신이 식은땀으로 가득했고, 몸은 이상할 정도로 축 늘어져 있다.

설화가 메마른 입술로 입을 열었다.

"제가 어떻게 살아 있는 거죠?"

죽을 각오를 했다.

그냥 죽을 바엔 적월에게 도움이 되고자 지혈석을 먹고 인주의 앞에 선 것까지는 기억이 난다. 그리고 화가 난 인주가 쌍검을 뽑아 들었고 갑자기 손가락 끝에 고통이 치밀었는데……

그 이후엔 기억이 없다.

자신이 살아 있는 이유를 물어보는 설화를 향해 적월이 턱을 치켜들며 상처를 보여 줬다.

턱 밑에 난 날카로운 상처는 그리 깊지는 않았지만 생긴 지 얼마 되지 않아 보였다.

적월이 입을 열었다.

"이거 기억 안 나?"

"……?"

설화가 그게 뭐냐는 듯한 표정으로 바라보자 적월이 한숨을 쉬며 말했다.

"기억이 안 나는 모양이군. 네가 낸 상처잖아."

"제가요?"

설화가 화들짝 놀랐다.

그런 설화를 보며 적월은 그녀가 아무런 것도 기억하지 못함을 알아차렸다. 적월이 걱정스러운 표정으로 다가와 있는 풍천을 보며 물었다.

"이것도 부작용이냐?"

"아마도 그런 것 같습니다."

적월과 풍천의 뜻 모를 이야기에 설화가 둘 사이에 끼어들었다.

"정말 그 상처를 제가 냈다는 거예요? 그건 말도 안 돼요. 제가 어떻게……."

"본 눈이 이렇게 많은데?"

적월의 말에 설화가 몽우와 풍천을 번갈아 바라봤다. 그들은 대답 대신 가볍게 고개를 끄덕이기만 했다.

다른 이들의 대답도 들었지만 믿기 힘들었다.

어떻게 자신이 적월에게 상처를 입힌단 말인가.

그런 기억도 없거니와, 자신에게 그럴 힘이 있다고 생각하지도 않는다.

적월이 아무런 말도 못 하는 설화를 바라보며 말했다.

"내공을 운기해 봐."

"내공을요? 갑자기 그건 왜요?"

"그냥 묻지 말고 시키는 대로 해 봐. 그다음에 이야기하지."

적월의 뜻 모를 말에 설화는 고개를 끄덕이고는 내공을 운기하기 시작했다. 그리고 내공을 운기하기가 무섭게 그녀는 놀란 듯이 멈춰 버렸다.

설화가 더듬거리며 말했다.

"이, 이게 뭐죠? 몸 안에 이상한 기운이 있어요."

내공을 움직이려는 순간 무엇인지 모를 기운이 파도처럼 밀려들었다. 그 탓에 설화는 놀라 멈춰 버리고야 만 것이다.

그런 설화를 보며 적월이 입을 열었다.

"요력이야."

"네?"

"지혈석을 먹으면서 네 몸 안에 요력이 생겨 버렸다고."

"그, 그럴 수가."

설화가 놀라 중얼거렸다.

그리고 그런 설화를 바라보던 적월이 풍천에게 말했다.

"이제부터 네가 이야기해 줘. 나는 잘 모르니까."

"예, 그럼 이제부터 제가 말씀드리겠습니다, 두목."

앞으로 나선 풍천이 말을 이어 나갔다.

"지혈석은 요기의 덩어리입니다. 저도 이야기로만 들었는데 직접 드신 탓에 그 요기들이 몸 안에 축적된 모양입니다. 어찌 보면 무림의 영약과 비슷한 건데……."

풍천이 말을 끌었다.

지혈석이 요기를 준다는 말은 명부와 관련된 이라면 모두가 아는 말이다. 그럼에도 불구하고 염라대왕이 왜 적월에게 지혈석을 주지 않았을까?

정말 그렇게 힘을 주는 영약과 같은 물건이었다면 염라대왕 또한 어떻게든 적월에게 지혈석을 건넸을 것이다.

그런데 염라대왕은 지혈석을 적월에게 주지 않았다.

그건 이유가 있다.

지혈석은 순수하지 않다.

요기라 해서 다 같은 요기가 아니다. 요마들마다 다른 특성의 요기를 지녔고, 그 먼지만 한 수만 가지의 요기들이 모여 만들어진 것이 지혈석이다.

그만큼 탁한 탓에 그 힘 또한 뚜렷하지 않다.

그래서 실제로 지혈석에 욕심을 냈던 요마들 중에 죽은 이들도 많다. 많은 종류의 뒤섞인 요기를 욕심 탓에 체내에 흡수했다가 자신 본연의 기운과 뒤섞이며 충돌을 일으킨 탓이다.

설화가 아무렇지 않게 살아 있는 이유는 그녀가 인간이었기 때문이다. 그녀에게는 처음부터 요기가 존재하지 않았다. 그 덕분에 설화는 아무런 충돌 없이 지혈석의 요기를 받아들일 수 있었던 것이다.

목숨에는 크게 지장은 없었으나 설화의 몸속에 쌓인 요기는 그리 좋은 종류의 것이 아니었다. 요기를 담기에 보통 인간의 몸은 너무나 위험하기도 했다.

풍천은 설화가 기억을 잃은 후에 일어났던 일과, 지혈석의 위험성을 그녀에게 간단하게 말해 주고는 말을 끝맺었다.

"……그런 연유로 요기를 지니시긴 했지만 최대한 그 힘을 자제하셔야 할 겁니다."

"그렇군요."

처음엔 놀란 듯이 이야기를 듣고만 있던 설화였지만 얼추 이해가 갔는지 그녀가 고개를 끄덕였다.

이야기를 다 들은 설화가 적월을 바라보며 말했다.

"죄송해요. 어떻게든 지혈석을 지키려고 한 행동인데…… 저 때문에 사라져 버렸네요."

"사과할 필요 없어. 애초부터 놈들의 손에만 들어가지 않으면 그만이었으니까."

적월이 대수롭지 않다는 듯이 말했다.

어찌 보면 자신의 부탁 때문에 죽을 뻔한 것이 아닌가. 오히려 그 지혈석을 먹고라도 설화가 살아 준 것이 더 다행이라

여겼다.

적월은 이내 퉁명스럽게 말을 이어 나갔다.

"그래도 이건 잊지 마."

상처를 내비치며 말하자 설화가 무슨 말을 해야 할지 모르겠다는 듯 고개를 수그렸다. 그리고 그때 멀찍이서 둘의 대화를 지켜만 보던 몽우가 슬쩍 동굴 바깥으로 걸어 나왔다.

지혈석을 먹게 되면서 설화가 요력을 얻게 됐다.

갑작스럽게 적월이 지혈석을 지옥문을 통해 명부의 세계로 돌려보내려 한 것도 그렇지만 이것 또한 몽우로서는 생각지도 못한 일이었다.

몽우가 길게 한숨을 내쉬었다.

"후우."

한숨과 함께 몽우는 뒤편에 있는 동굴 입구를 바라봤다.

분명 설화가 살아난 것은 다행이다.

하지만…… 저들은 모르고 있다.

차라리 그때 죽는 것이 나았을지도 모른다는 사실을.

설화가 지혈석을 먹으며 얻게 된 것은 그저 단순히 요기만이 아니다. 만약 그것이 전부였다면 비록 탁하다고는 하지만 요기를 얻게 되었으니 일행에게도 도움도 되고 스스로를 지킬 힘도 가진 것이니 쌍수를 들고 환영할 일이다.

하나 그게 전부가 아니다.

지혈석이 지닌 힘은 그저 단순히 요기만이 아니다.

그보다 더욱 중요한 것이 있음을 아직 저들은 모르고 있는 것이다.

지혈석을 먹게 됨으로써 설화는 이제 원하지 않는 인생을 살아가게 될 것이다.

과연 지혈석을 먹고 살게 된 이 일이 그녀에게 호재일까 아니면…… 악재가 될 것인가.

하지만 하나 확실한 것이 있다.

몽우가 동이 트기 시작한 하늘을 올려다봤다.

'갑갑하군.'

이제는 한 치 앞도 예상하기 힘들 정도로 상황이 급변하고 있다.

第二章
표적

그녀가 필요하다

　고요한 혈왕의 거처에 그림자 하나가 뚝 떨어져 내렸다. 가녀린 듯한 체구의 인물은 다름 아닌 지혈석의 회수에 나섰던 인주였다.
　입구에 선 인주가 길게 숨을 내쉬었다.
　용서해 준다 했지만 그래도 혈왕을 만나기 전에 긴장이 밀려든다. 잠시 머뭇거렸지만 이내 인주는 안으로 들어섰다.
　얼마 전 겪었던 놀라운 능력 때문이다.
　그렇게 먼 거리에 있는 자신을 보고, 말을 들을 정도인데 이토록 가까운 거리에 있는 그녀를 알아차리지 못하겠는가?
　머뭇거려서 좋을 거 없다 판단한 인주가 안으로 들어섰다.

그리고 안에서는 천주가 기다리고 있었다.

천주는 갑작스레 나타난 인주를 힐끔 바라봤다:

"혈왕 님을 뵈러 왔어."

"이야기는 들었다. 이번에도 실패했다니…… 실망이로군. 대체 언제쯤 제대로 명령을 수행할 생각이냐?"

"뭐야?"

인주가 화가 났는지 목소리가 높아졌다.

실력은 천주보다 아래지만 모욕을 참고 있을 그녀가 아니다. 하지만 둘 사이의 다툼이 길어지는 건 불가능했다.

그가 나타났으니까.

"인주."

공간을 가로지르는 그 목소리가 인주의 귀에 날아와 박혔다. 인주와 천주가 동시에 부복했다. 그리고 어둠 속에서 커다란 자수정에 매달려 있는 혈왕이 모습을 드러냈다.

혈왕은 무척이나 피곤해 보이는 얼굴이었다.

그런 그가 무릎을 꿇고 있는 인주를 내려다보며 입을 열었다.

"천주의 말이 틀리지 않다. 내가 네게 내린 임무는 지옥왕의 목숨과 지혈석을 찾아오라는 것이었다. 그런데 네가 한 것은 무엇이더냐?"

"……죄송합니다."

"사과해서 용서받을 수 있는 일과 안 되는 일이 있지. 이번 일은 후자였다."

말을 내뱉는 혈왕의 두 눈동자가 일렁거렸다.

결과만 놓고 보자면 죽여도 하등 이상할 것 없는 상황이다. 하지만 임무를 실패했거늘 상황이 최악으로 치닫지는 않았다.

그랬기에 인주를 용서하는 것이다.

지금 같은 상황에서는 인주 같은 손 하나가 더 절실할 때니까.

무서운 시선 때문인지 인주는 고개조차 들지 못했다. 고개를 숙인 채로 덜덜 떨고 있는 그녀를 향해 혈왕이 입을 열었다.

"내가 왜 지혈석을 먹어 버린 그 괘씸한 자를 죽이지 말라 했는지 아느냐?"

"잘 모르겠습니다."

"그 인간이 우리에겐 무척이나 필요한 존재가 되었기 때문이다."

"저희에게요?"

인주가 고개를 들어 혈왕을 바라보며 되물었다.

선뜻 이해가 가지 않는 탓이다. 어찌 인간 따위가 그런 존재가 될 수 있단 말인가. 물론 요력을 풀풀 풍겨 대는, 이제는 조금 특별한 인간이 되긴 했지만 그뿐이다. 고작 그 이유로 혈왕이 지혈석을 먹은 그 설화라는 자를 살려 두라고 하지는 않았을 게다.

그게 전부가 아닐 것이다. 설화라는 자의 효용성은.

인주가 조심스레 물었다.

"요력 때문은 아니신 것 같은데 다른 이유라도 있으신지요."

"물론이다. 그깟 잡스러운 요력이야 관심 밖이지."

혈왕이 코웃음을 치며 대답했다.

그가 자신의 사지를 잡아 주고 있는 쇠사슬을 잡아당겼다. 쇠사슬이 팽창되며 시끄러운 소리가 주변으로 흘러 나갔다.

차앙!

얼마나 오랜 시간 이런 상태로 살았던가. 이제는 기억조차 나지 않는 억겁의 시간이 흘렀다.

"내가 지혈석을 찾는 이유를 기억하겠지?"

"물론이죠."

어찌 그 이유도 모르겠는가. 지혈석이 있어야 혈왕의 몸은 자유를 되찾는다. 명부의 모든 것을 자를 수 있는 지혈석이야말로 혈왕의 몸을 잡아 두고 있는 저 금제에서 그를 꺼낼 수 있는 것이다.

쇠사슬과 저 보석을 부수기 위해 혈왕은 지혈석을 원했다.

혈왕이 물었다.

"그럼 지혈석이 어디에 있을까?"

"놈의 배 속에 남아 있는 건가요? 만약 그렇다면 당장이라도 제가 놈의 배를 갈라서라도 가져올게요."

인주가 화색을 띠며 물었다. 만약 지혈석이 그대로 몸 안에 남아 있다면 설화를 잡아 죽여 버리면 될 일이다.

혈왕이 고개를 저었다.

"이미 녹아서 그자에게 흡수되었다."

"그, 그러면……."

"지혈석은 이제 없다. 하지만 지혈석 본연의 힘, 명부의 그 모든 것을 잘라 낼 수 있는 그 힘은 사라지지 않는다."

인주가 놀란 얼굴로 혈왕을 바라봤다.

이제 얼추 그가 무슨 말을 하고자 하는지 이해가 가는 것이다.

바로 그자다.

그자에게 이제는 저 쇠사슬을 자를 힘이 있다는 것이다.

그제야 인주는 당시의 상황을 모두 이해할 수 있었다. 왜 설화를 죽이지 말라 했는지 오는 내내 이해가 되지 않았거늘 이제는 알 수 있었다.

죽여서는 안 된다.

아니, 오히려 지켜 줘야 한다.

설화가 죽으면 혈왕의 계획도 모두 물거품이 된다.

"천주. 네가 해야 할 일이 있다."

"천주! 명 받듭니다."

천주가 우렁차게 소리쳤다.

그런 천주를 향해 혈왕이 명령을 내렸다.

"목표가 둘이 되었으니 우리도 머릿수는 맞춰야겠지. 인주와 함께 이번 임무를 끝내도록 해라. 지옥왕을 죽이고, 설화라는 그자를 내 앞에 데리고 와라."

"반드시 성공하겠습니다."

"그래, 믿고 있지."

말을 마친 혈왕의 입가에 웃음이 걸렸다.

오늘따라 유독 이 쇠사슬이 거추장스럽지 않다고 느껴진다. 곧 이 금제에서 벗어날 수 있다는 사실을 몸이 느끼고 있기 때문일까?

혈왕이 나지막이 중얼거렸다.

"오래 걸렸구나."

그가 쇠사슬에서 빠져나오는 바로 그때 세상은 진정한 공포를 느끼게 될 것이다.

그리고 그때 인주가 조심스럽게 입을 열었다.

"그런데 지옥왕의 동료 중 명객이 하나 있었습니다."

"인주! 명객이 지옥왕을 돕다니 그 무슨 말도 안 되는 소리냐. 그래서 자기한테 무슨 이득이 있다고. 확실한 정보인가?"

"내가 어떻게 알아! 하지만 스스로가 그렇게 말했어."

천주가 놀란 얼굴로 반문했고 인주가 바로 답했다.

둘의 대화에 잠시 가만히 서 있던 혈왕이 입을 열었다.

"명객 중 지옥왕을 돕는 자라……."

"실력이 제법 되어 보였어요. 놈의 검을 받았는데 제가 밀려날 정도였으니까요."

인주라면 명객 중 최고의 강자 중 하나다.

그랬기에 회주의 자리에 오를 수 있었던 것이 아닌가. 그런 그녀를 밀어낼 정도의 명객이라니, 그것이 가당키나 한 말인가?

몽우를 생각하자 분노가 치밀었는지 인주가 높아진 억양으로 말했다.

"놈도 지옥왕과 함께 죽여 버리죠."

그러자 혈왕이 입을 열었다.

"혹시 네가 말한 그놈 얼굴이 반반하더냐?"

"그, 그럭저럭 쓸 만한 얼굴이었어요. 그건 왜 물어보시는 건가요?"

"하하! 그래?"

혈왕이 갑자기 웃음을 터트렸다.

그리고 이내 웃음을 거두며 고개를 끄덕였다.

혹시나 했는데…….
혈왕이 입을 열었다.
"재미있게 됐군."

     * * *

"몸은 좀 어때?"
갑작스럽게 찾아온 적월을 보며 설화가 침상에서 일어났다. 죽음의 위기에 빠진 지 벌써 이십 일이 지났다. 그 시간 동안 어찌어찌 마차를 타고 무림맹으로 돌아온 그들이다.
그렇지만 그토록 시간이 지났는데도 설화는 감기에 걸린 것처럼 고열에 시달리고 있었다.
초췌한 표정의 설화가 여인이라는 걸 아는 적월이다. 살짝 땀이 맺힌 얼굴로 자신을 바라보는 설화를 본 적월은 왠지 모를 쑥스러움에 시선을 잠시 옆으로 돌렸다.
그러고는 이내 헛기침과 함께 다시금 설화를 바라봤다. 처음에는 큰일을 당해서 몸이 많이 상한 거라 생각했다. 하지만 그렇게 보기에는 병이 너무 길어졌고, 이제는 어렴풋이 이것이 단순한 병이 아님을 알고 있다.
아마도 요력 때문이리라.
설화가 기침을 토하며 입을 열었다.

"콜록콜록. 며칠 전보다는 조금 나아졌어요. 너무 걱정 안 하셔도 돼요."

"흠."

걱정하지 말라고 해도 신경이 쓰이는 것은 어쩔 수 없다. 적월의 부탁 때문에 위험에 빠졌다가 이렇게 된 것이 아닌가?

요력에 대해 잘 아는 적월이었기에 지금 설화의 상태를 한 번 살피고자 온 것이다.

적월이 말했다.

"잠깐 뒤돌아 앉아 봐."

"왜요?"

"시키는 대로 좀 해 봐, 묻지 말고."

적월의 재촉에 설화는 무거운 몸을 억지로 돌려 앉았다. 그러자 적월이 침상에 걸터앉았고, 설화가 놀라 입을 열었다.

"지, 지금 뭐 하는……"

"가만히 있어."

말과 함께 적월의 손바닥이 설화의 등에 닿았다.

갑작스러운 행동에 놀랐던 설화였지만 이내 등을 통해 들어오는 기운을 느끼고는 입을 닫아야만 했다.

적월은 눈을 지그시 감은 채로 설화의 몸 안으로부터 요력의 움직임을 느끼고 있었다.

요력이 덩어리지지 못하고 사방으로 흩어져 있다.

설화가 아직 이 요력들을 다룰 줄 모르기 때문에 벌어지는 일이었다.

갑작스럽게 큰 요력은 지니게 되었지만, 그것을 다스리지 못한다. 그랬기에 요력들이 몸 안에서 자리를 잡지 못하고 사방으로 날뛰는 것이다..

아마도 그 탓에 감기처럼 고열을 동반한 병이 찾아온 것일 테고.

등에 손을 댄 채로 적월이 천천히 말했다.

"내 말 잘 들어. 요력은 내공하고는 달라. 넌 보통 인간이라 요력을 더 쌓기에는 몸이 무리인 것 같으니 지금 몸속에 있는 이것들이라도 단속을 해야 할 것 같아."

염라대왕이 특별히 만들어 낸 적월의 신체와는 달리 설화는 보통 인간이다. 기연으로 이런 요력을 얻긴 했지만 이것을 감당하기도 힘들 정도다. 외적인 무엇인가 때문에 가능했지, 만약 본인 혼자의 힘으로 요력을 모았다면 결코 이 정도의 양을 모으지도 못했을 게다.

적월이 말을 이어 나갔다.

"방금 말했지? 내공과 달리 요력은 의지에 따라 발동해. 네 마음먹기에 따라 이것저것이 가능해지지. 그 힘은 엄청나지만 또 그만큼 몸에 가해지는 부담도 크다. 그러니 함부로 써서는 안 돼."

말을 하면서 적월의 손바닥 끝에서 조금씩 요력이 흘러나왔다.

그것들은 흡사 빨려 들어가듯 적월의 손바닥을 타고 설화의 몸 안으로 흘러들었다.

적월의 요력이 설화의 몸 안으로 흘러들어 가더니 그것은 이내 커다란 주머니 모양이 되기 시작했다.

그 주머니 모양의 요력은 천천히 설화의 몸 안에 퍼져 있는 요력들을 끌어들이기 시작했다. 그리고 이내 요력들을 모두 안으로 끌어들이는 그 순간 입구가 닫혔다.

적월이 등에서 손을 떼며 물었다.

"어때?"

"몸이 한결 가벼운 것 같아요."

"임시방편으로 생각해 본 건데 효과가 있나 보군."

얼굴색이 돌아오는 설화를 보며 적월이 만족스럽다는 듯이 고개를 끄덕였다.

설화가 몸 안에서 날뛰는 요력을 다스리기 위해서는 며칠이라도 시간이 필요하다. 하지만 그러기 위해서는 우선은 몸 상태가 중요했다.

지금 상태에서는 무리일 것 같아 먼저 적월이 요력을 이용해 설화의 몸 안에서 날뛰는 것들을 우선 가두어 버린 것이다.

물론 적월의 요력은 설화가 조금이라도 마음먹는다면 당장이라도 뚫어 버릴 정도로 극소량의 것이었다. 다만 적월은 임시적으로나마 설화가 안정을 찾을 수 있게 시간을 번 것뿐이다.

그래도 눈에 보일 정도로 좋아지는 설화를 보니 적월은 한결 마음이 나아졌다.

침상에서 일어난 적월이 말했다.

"그냥 두기에는 네 요력이 너무 위험하니 내일부터 그걸 다룰 방법을 조금 가르쳐 주지. 그러니 오늘은 우선 푹 쉬면서 몸 상태 좀 더 좋아지게 해 놔."

"그럴게요. 매번 고마워요."

"네가 강해지면 나에게도 도움이 되니까 돕는 것뿐이야. 그러니까 어서 훌훌 털고 일어나라고."

적월이 최대한 퉁명스레 말하며 설화의 방을 걸어 나갔다.

* * *

유성루에 있는 외진 방에서 적월이 홀로 앉아 술을 마시고 있었다. 아무런 이유 없이 술을 마시러 이곳에 온 것은 아니다.

적월은 이곳에서 누군가를 기다리고 있었다.

다만 그냥 시간을 보내고 싶지 않아 간단한 술상이라도 받은 상태였다. 그렇게 홀로 술잔을 기울인 지 반 시진 정도가 지났을 무렵이었다.

누군가의 발걸음이 이곳으로 향하고 있다.

술잔에 막 입을 가져다 대던 적월이 천천히 자리에서 일어났다.

기다렸던 손님이 온 것이다.

드륵.

문이 열리며 방으로 안내해 준 기녀와 죽립으로 얼굴을 가린 두 명의 사내가 안으로 들어섰다. 적월이 먼저 둘을 향해 포권을 취했다.

그러자 상대들은 가볍게 고개를 끄덕이며 우선 말수를 아꼈다. 그리고 이내 기녀가 방을 벗어나고서야 그 두 사내가 얼굴을 가렸던 죽립을 벗었다.

무림맹주 우금명과 군사 제갈영풍이다.

우금명과는 제법 면이 있으나, 제갈영풍과 제대로 이렇게 한자리에 선 것은 적월 또한 처음이었다.

그리고 그것은 제갈영풍 또한 마찬가지였다. 심지어 제갈영풍은 적월의 이름조차 모르고 있는 상태다.

제갈영풍은 적월을 보며 놀란 얼굴로 중얼거렸다.

"정말 젊은 사내로군요."

"그렇다고 하지 않았는가. 진짜 나이는 아직 잘 모르겠지만 말이야."

너털웃음을 흘리며 우금명이 제갈영풍의 말을 받았다. 그리고 이내 자리에 앉으며 다른 이들에게도 손짓하며 말했다.

"자리에들 앉지. 먼저 한잔하고 있었던 모양이로군."

"심심해서 말입니다."

"허허, 아무래도 맹에서 비밀리에 빠져나오려다 보니 다소 시간이 걸렸네. 사과함세."

"아닙니다. 그보다 무림맹의 군사께서도 함께 오실 줄은 몰랐군요."

"이번 일에 이 친구를 빼고 이야기하기는 힘들 것 같아서 말이야. 그리고 얼마나 자네에 대해 알고 싶어 하는지 그 등쌀에 못 이겨 데리고 왔다네."

자신에 대한 이야기가 나오자 기다렸다는 듯 제갈영풍이 먼저 예를 취하며 입을 열었다.

"군사, 제갈영풍이라고 합니다."

"적월이라 합니다."

"설마 적월이라면……."

"맞아, 요새 시끄러운 사건의 주인공."

미리 놓여 있던 술잔에 술을 채우고 마시던 우금명이 대수롭지 않다는 듯이 말했다.

최근 무림맹이 시끄럽다.

그건 다름 아닌 무림맹 섬서지부 사건 때문이다.

젊은 사내 하나가 우내이십삼성 둘을 물리쳤다는 말도 안 되는 소문. 하지만 그 장면을 직접 눈으로 본 이들이 너무나 많았기에 그것은 이내 소문이 아닌 진실이 되어 갔다.

그리고 당시 섬서지부의 사건을 해결한 자의 이름이 다름 아닌 적월이다. 그랬기에 제갈영풍은 놀란 눈으로 적월을 바라보는 것이다.

소문의 그 주인공이 이번 일에도 연관되어 있을 줄은 몰랐다.

잠시 적월을 바라보던 제갈영풍은 이내 정신을 차리고 말했다.

"초면에 실례일지 모른다 생각은 하였지만, 그래도 궁금한 것은 절대로 못 참는 성격인지라 우겨서라도 따라왔습니다. 기분이 상했다면 사과드리지요."

"사과까지 하실 건 없습니다."

원래 제갈영풍이라는 사내는 사람과의 관계에서 나이나 신분보다는 그 상대방의 됨됨이를 보는 인물이었다.

항시 예의가 깍듯한 제갈영풍이었기에 딱 봐도 열대여섯 살 이상은 차이가 나 보이는 상대에게도 이토록 존대를 사용하는 것이다.

제갈영풍은 교주가 가장 믿고 신임하는 인물.

가볍게 서로 인사를 나누자 제갈영풍이 적월을 보며 감탄스럽다는 듯이 말했다.

"이런 일을 사전에 알아 온 이가 있다 하여 누군지 궁금했는데 소문의 주인공이실 줄은 몰랐습니다. 맹주님께서 적 소협에 대해 한마디도 안 해 주시더군요."

"허허, 약속이었으니까."

명객에 대한 조사를 전적으로 제갈영풍에게 맡겼다. 하지만 그러는 와중에서도 우금명은 제갈영풍에게 적월에 대해서는 일언반구 말을 꺼내지 않았다.

그리고 오늘에서야 제갈영풍은 그 상대가 무척이나 젊은 외모의 사내라는 것만 듣고 이렇게 유성루에 직접 와 얼굴을 보게 된 것이다.

가벼운 이야기로 시작했지만, 서로에 대한 인사가 끝나자 제갈영풍이 슬쩍 주변을 살폈다. 그러자 적월이 대수롭지 않게 말했다.

"쥐새끼는 없는 것 같습니다."

"……"

제갈영풍의 시선이 우금명에게로 향했다. 그리고 그런 시선을 느껴서인지 우금명이 가볍게 어깨를 으쓱하며 입을 열었다.

"저 친구가 말하는 것이니 확실할 걸세. 나보다 대단한 친구거든."

"맹주님께서도 저리 이야기하시니 이야기를 시작하겠습니다."

우금명의 말에 제갈영풍이 고개를 끄덕이며 조사해 온 것들에 대해 이야기를 풀어 나갔다.

"무림맹에는 많은 무인이 있는지라 전체를 조사하는 것은 무리가 있었습니다. 그래서 우선은 그 범위를 좁혔지요. 최소한 무림맹 회의에 참석할 수 있는 자, 그리고 그곳에서 일정한 발언권을 지닌 자로."

확실했던 명객은 오직 한 명, 단창묘호리뿐이다.

그는 이미 죽었지만, 그렇다고 해서 모든 것이 사라진 것은 아니다. 명을 받은 제갈영풍은 가장 먼저 단창묘호리의 거처를 수색했고 그곳에서 수상해 보이는 서찰들을 발견했다.

암호화되어 있어 정확한 내용 파악은 힘들었지만 제법 긴 시간 동안 전문적인 암호 해독가들을 동원한 탓에 어느 정도 윤곽을 잡을 수 있었다.

그리고 그 서찰이 이번 조사를 하는 데 무척이나 큰 도움이 되었다.

서찰에 적힌 내용의 윤곽이 잡히자 그것을 토대로 제갈영풍은 계속해서 꼬리에 꼬리를 물었다.

어디에서 이 서찰이 전해졌는지, 단창묘호리가 자주 만나던 인물은 누구인지, 그리고 서찰에 적혀 있는 이름들…… 하지만 파면 팔수록 사선은 미궁으로 흘러들었다.

직접적으로 명객을 찾아내는 건 어려운 일이었지만, 그런 그들과 관련된 이들을 찾아내는 것은 어렵지 않았다.

그리고 놀랍게도 이번 단창묘호리의 사건이나 그 외의 여러 가지 일에 생각도 못 할 정도로 많은 이들이 연루되어 있음을 알았다.

물론 그들 대부분이 명객이라는 존재에 대해 모르고 개입된 것이겠지만 문제는 그 숫자가 적지 않다는 것이다.

뿌리부터 썩어 버렸다. 쳐 내려가고자 한다면 그 숫자가 한둘이 아닐 게다.

이야기는 제법 길었지만 확실한 것이 없다. 듣고만 있던 적월이 입을 열었다.

"그래서 제가 할 일이 뭡니까?"

"우선은 가장 의심스러운 자가 하나 있습니다. 마영종(磨烘種)이라는 자인데…… 아십니까?"

"비영십이쾌(飛影十二快) 말이군요."

"아신다니 말이 편해지겠군요. 해남파의 고수인 그가 현재로서는 가장 의심스럽습니다. 단창묘호리와 그리 친한 사이가 아니었음에도 불구하고 종종 둘이서 무림맹 근처를 돌아다니는 걸 본 이들이 있다고 합니다. 그리고 단창묘호리의 거처에서 발견된 서찰들 모두가 이자를 통해 운반된 것으로 파악됩니다. 아마도 명객이거나 아니면 그들을 잇는 연결고리 정도로 추측이 됩니다."

"그래서요?"

"이쪽은 적 소협께서 맡아 주셨으면 합니다. 혹시나 명객이라면 최대한 은밀하게 끝내야 할 것 같아서 말입니다."

"조용히 끝내라…… 뭔가 이유가 있는 모양이군요."

적월의 말에 제갈영풍이 빙긋 웃었다.

그리고 그가 말했다.

"물론입니다. 저희 또한 이제 움직일 생각이거든요."

단창묘호리의 거처에서 얻은 서찰을 토대로 반년이 넘는 시간을 무림맹 내부를 최대한 뒤졌다. 비단 명객이 아니더라도, 그들을 도왔거나 또는 불순한 의도를 지닌 자들.

제갈영풍이 말을 이었다.

"뿌리가 썩은 나무를 그냥 둘 수는 없는 법이지요. 그래서 슬슬…… 뒤집어엎을 생각입니다."

이미 준비는 끝났다.

무림맹 내부에 있는 명객의 끄나풀들에 대한 숙청이 곧 시작될 것이다. 대충 무림맹의 입장을 표명한 제갈영풍이 적월을 바라보며 물었다.

"거사를 위해 여쭙는 것인데 언제쯤 비영십이쾌에 대해 알아보실 수 있을까요?"

그 순간 적월이 자리에서 일어나며 입을 열었다.

"시간 끌 것 있습니까? 바로 해결하고 올 테니 잠시만 기다리시죠."

"지금 말입니까?"

고개를 끄덕인 적월이 그대로 유성루의 방을 빠져나갔다. 아무렇지 않게 말하고 나가 버리는 적월의 뒷모습을 바라보던 그가 우금명을 향해 시선을 돌렸다.

우금명은 편하게 기댄 자세로 가볍게 술잔을 돌리고 있을 뿐이었다.

그런 우금명을 바라보며 제갈영풍이 말했다.

"상대가 누군지 아는데도 저리 자신이 넘치는군요."

"그러게. 비영십이쾌라면 잡기가 쉽지 않을 텐데 말이야."

비영십이쾌는 해남파에서 손꼽히는 고수다.

우내이십삼성의 반열에는 들지 못하였지만, 그렇다고 해서 그를 무시하는 이는 아무도 없다. 비영십이쾌는 뛰어난 검공을 지녔고, 그보다 더욱 유명한 신속(神速)에 가까운 경공을 지닌 자다.

중원 무림에서 그의 그림자를 밟을 수 있는 자조차 몇 되지 않을 거라 칭해지는 경공술의 달인.

더군다나 비영십이쾌는 무림맹 내부에 있다.

그만큼 은밀하게 처리하는 것이 어려운 상황이기도 했다.

그런 상황인데도 불구하고 아무렇지 않게 처리하겠다며 나서는 적월의 모습이 제갈영풍으로서는 이질적으로 느껴질 수밖에 없었다.

제갈영풍이 조심스레 입을 열었다.

"정말로 지금 잡아서 오는 것은 아니겠지요?"

"어떨 것 같나?"

재미있다는 듯한 표정으로 우금명이 제갈영풍을 바라봤다. 잠시 고민하던 제갈영풍이 이내 답을 내리고는 짧게 말했다.

"불가(不可)."

"그래? 그럼 우리 내기 한 번 할까? 자네가 불가라면…… 이쪽은 가(可)에 걸어야 내기가 되겠지?"

"정말 가능하다고 보시는 겁니까? 저 적 소협이 대단한 것은 알겠지만 그래도 상대 또한 녹록한 자가 아닙니다. 완벽한 계획을 짜고 움직이지 않으면 성공할 수 없을 겁니다."

"글쎄, 그건 두고 보면 알겠지. 그보다 내기를 했으면 의당 뭔가를 걸어야 할 터, 어떤가? 진 쪽이 오늘 술자리를 계산하는 것이."

"허리에 있는 끈을 풀고 죽도록 마실 텐데 괜찮으시겠습니까?"

"뭐, 마음대로."

뭔가 묘한 웃음을 지어 보이며 우금명이 자리에서 일어나 목청을 높였다.

"여기에 술상 하나 거하게 차려오게나! 가장 비싼 음식들로!"

우금명이 외치고 나서 얼마 되지 않아 둘이 있는 방에 커다란 술상 하나가 들어왔다. 기녀 네 명이 모퉁이를 들고 나타나야 할 정도로 호화스러운 음식들이 상 위에 가득했다.

그런 술상을 앞에 두고 두 사람은 서로 술잔을 주거니 받거니 하며 담소를 나눴다.

술상이 들어온 지 어느 정도 시간이 흘렀을 때였다.

드르륵.

굳게 닫혔던 문을 열며 적월이 안으로 들어서고 있었다. 그가 떠난 지 채 얼마 되지도 않았다. 이 정도 시간이라면 무림맹을 왕복할 시간 정도밖에 되지 않으리라.

그랬기에 제갈영풍은 적월이 가던 도중에 다시 돌아왔거나 무림맹 내부의 경비 때문에 포기하고 돌아온 것이라 생각했다.

제갈영풍이 만면에 미소를 띤 채로 입을 열었다.

"맹주님, 아무래도 제 승리인 것 같습니다."

"흐음."

슬쩍 표정을 굳힌 우금명이 적월을 바라봤다.

그리고 그런 둘의 내기를 모르는 적월로서는 무슨 말인지 모르겠다는 표정을 짓고 있었다.

하지만 이내 자리에 앉으며 적월이 말했다.

"저 없는 동안 뭘 이리 시키셨습니까?"

"내기를 했거든."

"내기요?"

적월이 그게 뭐냐는 듯이 바라봤지만 둘은 그보다 더 궁금한 것이 있었다. 우금명이 물었다.

"그보다 비영십이쾌는 어찌 됐는가? 시간을 보아하니 그냥 돌아온 겐가?"

적월이 가만히 둘을 바라봤다. 대충 어떠한 내기를 했는지 짐작이 간 탓이다.

적월이 음식 하나를 집어먹으며 입을 열었다.

"가실 때 짐 하나 좀 챙겨 가시지요."

"짐?"

"마구간에 있는 맹주님의 말 옆에 잘 놔뒀으니 가실 때 챙겨 가시면 될 겁니다."

"그게 뭔가?"

"사람입니다."

"사람이라니, 설마……?"

적월의 말에 놀랐는지 우금명과 제갈영풍의 눈이 동시에 커졌다.

지금 적월이 말할 만한 사람이 누가 있겠는가.

적월이 말했다.

"명객은 아닌 것 같고…… 그냥 도망치지 못하게 손 좀 보고 혈도를 제압해 뒀으니 끌고 가서 조사 좀 해 보시면 될 것 같습니다."

"허, 허허."

제갈영풍은 웃음을 터트렸다.

우스워서 나오는 것이 아니다. 너무나 당황했기에 터져 나오는 그러한 종류의 것이다.

고작 무림맹을 왕복할 정도의 시간이다. 그런데 그 정도로 짧은 시간 안에 무림에서 소문난 비영십이쾌를 제압해서 끌고 왔다니.

그때였다.

턱.

제갈영풍의 어깨에 손을 얹은 우금명이 웃으며 말했다.

"잘 먹겠네, 군사. 그 풀었던 허리끈은 조이는 게 어떠한가? 자네까지 그렇게 무리해서 먹으면 가격이 만만치 않을 걸세, 하하하!"

목표했던 비영십이쾌를 이토록 쉽게 무림맹에서 문제없이

데리고 나온 것은 분명 좋은 일이다.
 하지만······.
 좋다는 듯이 웃는 우금명을 바라보며 제갈영풍은 씁쓸한 웃음을 지어 보였다.

第三章
내전

내가 누군지 아느냐

"자네가 이 야심한 밤에 무슨 일인가?"

"지나가는 길에 문득 생각나서 술이라도 한잔하러 찾아왔지. 왜? 바쁜가?"

건곤일천(乾坤一天) 곡무영의 방에 찾아온 이는 다름 아닌 북천권사(北天拳師) 선우승이었다. 야심한 야음에 술 병 하나를 들고 선우승이 곡무영을 찾아왔다.

갑작스러운 선우승의 방문에 의아해하던 곡무영은 이내 술이나 한잔하러 왔다는 말에 웃으며 옆으로 비켜섰다.

"안으로 들게."

"그럼 들어가겠네."

둘 모두 육십 세가 넘은 노고수로 무림맹에서 알아주는 인물들이다. 어느 정도 안면이 있기는 했으나 둘은 딱히 깊은 친분을 지니지는 않았다.

이렇게 단둘이 앉아서 술잔을 기울인 적은 이번이 처음이다.

둘은 간단한 안주를 시비에게 시켜 가져오게 하고는 이내 마주 앉아 술자리를 시작했다.

곡무영이 입을 열었다.

"허허, 그런데 술 생각이 난다며 자네가 날 찾아올 줄은 몰랐군. 우리가 그리 가까운 사이는 아니지 않은가."

"가깝지는 않지만 그렇다고 해서 먼 사이도 아니지. 무림맹 내에서 동년배라고 해 봤자 얼마나 되겠는가. 자네와 내가 봐 온 게 벌써 몇 년인가?"

"맹에 자네가 먼저 들어왔었으니…… 얼추 삼십 년은 족히 된 듯하이."

"그 정도면 술 한잔해도 충분한 사이 아닌가."

"뭐, 듣고 보니 그것도 그렇군."

너털웃음을 터트리며 곡무영이 고개를 끄덕였다.

갑작스레 찾아온 것이 의아스럽긴 했으나 선우승은 맹 내에서 큰 힘을 지닌 자다. 이런 자가 먼저 가까이 지내자며 다가왔는데 곡무영의 입장에서는 그 내민 손을 뿌리칠 이유가 없다.

곡무영은 선우승이 주는 술을 연거푸 몇 잔을 기분 좋게 들이마셨다.

바로 그때였다.

술잔을 입에 가져다 대고 있던 선우승이 자그맣게 말을 꺼냈다.

"비영십이쾌가 잡혀갔네."

"……."

선우승의 말에 곡무영은 일순 잔을 들고 있던 손을 멈칫했다. 하지만 이내 태연하게 선우승과 눈을 맞추며 대답했다.

"갑자기 그 무슨 소리인가? 비영십이쾌가 왜 잡혀가고, 그리고 그걸 왜 내게 이야기하나?"

"자네는 알지 않은가."

말을 마친 선우승이 소맷자락 속에서 무엇인가를 꺼내어 보였다. 명(冥)이라는 글자가 적혀 있는 조그마한 귀고리다. 글자가 새겨져 있는 것을 제하고는 전혀 특별할 것 없어 보이는 물건이다.

하나 그것을 보는 순간 곡무영의 두 눈이 커졌다.

그러고는 선우승을 향해 시선을 돌리며 놀란 듯이 중얼거렸다.

"자네도?"

겨우 귀고리 하나에 깜짝 놀라는 것은 이것이 바로 무림맹 내부에 숨어 있는 간자들의 표식이기 때문이다.

선우승이 귀고리를 보며 놀라는 곡무영을 향해 말했다.

"이게 무엇인지 자네도 알겠지?"

"물론이지."

말을 마친 곡무영은 자리에서 일어나 서랍장으로 다가가더니 이내 안에 있는 상자 하나에서 똑같은 귀고리 하나를 꺼내어 들었다.

모양이나 색은 달랐으나 명이라는 글자만은 똑같이 박혀 있다.

그리고 바로 귀고리를 본 선우승이 나지막이 입을 열었다.

"확실하군."

그때였다.

벌컥!

곡무영의 거처 방문이 거칠게 열렸다.

그리고 그곳에서 무장을 하고 있는 무인들 열 명가량이 안으로 뛰어들었다.

갑작스러운 무인들의 등장에 곡무영은 깜짝 놀랐다.

금(金)이라는 글씨가 적혀져 있는 무복, 단번에 곡무영은 이들이 누구인지 알아차렸다.

금룡당(金龍堂)의 무인들이다.

금룡당은 맹주의 감찰단이라고 봐야 하는 자들이다. 그들은 맹주의 명을 따라 맹 내부의 문제들을 해결한다. 그런 그들이 이곳에 나타난 것이다.

곡무영은 귀고리를 슬쩍 상자에 넣으며 오히려 호통을 쳤다.

"늦은 밤에 이 무슨 무례냐!"

"곡 선배님, 조사할 게 있으니 순순히 따라오시지요."

금룡당을 이끌고 온 중년의 사내가 최소한의 예를 갖추며 말했다. 그런 금룡당 무인의 말투에 기분이 상했는지 곡무영이 이를 갈며 말했다.

"감히 내가 누군지 알고…… 그리고 지금 여기에 계신 북천권사도 보이지 않더냐! 맹주께서 시켰더냐? 내 그럼 내일 친히 맹주를 찾아뵙고 이야기를 나눌 테니 썩 물러가라!"

곡무영의 몸에서 커다란 기운이 넘실거리며 흘러나왔다. 크게 노한 표정의 곡무영이 슬쩍 자리에 앉아 있는 선우승을 바라봤다.

흡사 지금 상황을 도와 달라는 듯이 말이다.

그런 시선을 보았는지 선우승이 자리에서 일어나 금룡당의 무인들에게 다가갔다. 그 모습을 만족스럽게 바라보던 곡무영. 하지만…….

"확실하니 예를 갖출 필요도 없다. 잡아들여."

선우승의 짤막한 말에 금룡당의 무인들이 고개를 끄덕였다. 그리고 그제야 곡무영은 알 수 있었다.
"네, 네 이놈……!"
"맹주의 명이시다. 불복하면 그 즉시 참수다."
선우승이 쌀쌀맞은 목소리로 말하며 주먹을 들어 올렸다.
주먹을 들어 올린 선우승이 다시금 말했다.
"변명을 하고자 한다면 그곳에 가서 떠들어 보거라."

* * *

하룻밤이었다.
그 하룻밤이 지나고 찾아온 아침, 무림맹은 발칵 뒤집혔다. 그것은 다름 아닌 밤에 있었던 엄청난 소동 때문이었다.
많은 이들이 놀라 할 말을 잃을 수밖에 없었다.
야밤에 맹주의 명을 따라 금룡당을 비롯한 묵혼대, 천유검마대(天流劍魔隊)를 비롯한 여섯 개의 단체가 무림맹 내부의 수많은 무인들을 친 것이다.
그 숫자가 무려 백 명이 훌쩍 넘을 정도였다.
그들과 연관되어 있는 수많은 무인들이 맹주의 내전을 찾았다. 그리고 그런 그들의 방문을 예상했던 우금명은 이미 내전에서 기다리고 있었다. 우금명의 양옆에 적월과 군사 제갈영풍이 각기 자리했다.

벌컥.

내전 문이 열리며 수십에 달하는 무인들이 일사분란하게 모습을 드러냈다. 갑작스레 일어난 이번 일 때문에 당황스러움을 금치 못하며 떠들어 대던 그들은 이내 먼저 와서 자신들을 기다리는 맹주를 발견했다.

급히 그들은 우선 예를 취했다.

우금명이 무릎을 굽히는 그들을 내려다보며 입을 열었다.

"올 줄 알고 기다리고 있었네."

"맹주님, 북호(北虎)가 한 말씀 여쭈어도 되겠습니까?"

"하게."

북호는 하북팽가의 인물로 북쪽의 범이라는 별호답게 용맹하면서 속에 무엇을 담아 두기보다는 직설적으로 물어보는 자다.

맹주의 명이 떨어지자 북호가 바로 물었다.

"어젯밤에 맹주께서 수많은 무림맹의 무인들을 잡아들였다 알고 있습니다. 심지어 그중 일부는 큰 부상까지 입었다고 하던데…… 사실입니까?"

"그렇다네."

우금명은 속이지 않고 답했다.

하지만 그 대답 때문에 조용해졌던 내전이 일순 소란스러워졌다. 그런 소란 속에서 북호가 다시금 입을 열었다.

"어떠한 연유로 그들을 잡아 가두신 겁니까? 그중에 일부는 저희 하북팽가의 사람들입니다. 만약에 그 이유가 마땅치 않다면…… 저희 하북팽가 또한 가만히 있지는 않을 것입니다. 그리고 그건 이곳에 계신 다른 분들도 마찬가지일 거라 사료됩니다."

북호의 말에 많은 이들이 동조의 빛을 띠며 고개를 끄덕였다.

당연한 일이다.

잡혀간 수많은 이들은 대부분 문파에 소속된 자들이다. 구파일방과 오대세가의 인물들…….

제아무리 맹주라 해도 이런 큰일을 벌인다는 것은 용서할 수 있는 일이 아니다.

크나큰 반발이 일었지만 이 또한 이미 예상했던 바다. 우금명이 태연히 입을 열었다.

"일전에 내가 실종되었던 사건을 기억들 하는가?"

굳이 물을 필요도 없다. 지금 이곳 내전에 모일 정도라면 맹의 핵심 인물들이다. 그런 그들 중 그 큰 사건을 모르는 이가 어찌 있을 수 있겠는가.

당시에 뒤집혔던 무림맹을 이들은 똑똑히 기억하고 있었다.

모두의 얼굴을 하나씩 살피던 우금명이 말을 이었다.

"난 사실 그때 엄청난 사실을 알았네. 그건 다름이 아니라 맹 내부에 마교가 아닌 다른 세력의 간자들이 숨어 있다는 사실이었지."

웅성웅성.

갑작스러운 우금명의 말에 소란이 일자 그가 손을 들어 올려 좌중을 조용하게 만들었다.

"이야기는 이제부터네."

잠시 숨을 고른 우금명이 말했다.

"당시 무림맹에 돌아온 내가 말했던 것들도 기억할 걸세. 나를 죽이려 한 자가 다름 아닌 단창묘호리였다는 것을. 나는 내전에 모습을 드러낸 이후 그 즉시 군사에게 시켜 단창묘호리의 거처를 수색하게끔 명했고, 모든 증거품들을 미리 압수시켰지. 그리고 나온 물건이 이것들이네."

우금명이 눈짓을 하자 우측에 서 있던 제갈영풍이 의자 뒤편에 숨겨 두었던 서찰 꾸러미들을 가지고 나왔다.

모두의 시선이 집중된 상태로 우금명이 말했다.

"암호로 되어 있어 푸느라 조금 시간이 걸리긴 했으나 반년이 넘는 시간 동안 조사를 한 결과 어느 정도 해석이 가능했지. 그리고 또 다른 증거물……."

우금명이 품속에 넣어 두었던 귀고리를 꺼내어 들었다.

"이것이 바로 그들의 상징이네. 그리고 어제 내가 잡아들인

자들의 거처에서는 대부분 이게 발견되었지."

"그런 귀고리는 흔하지 않습니까?"

이번에 나선 것은 우내이십삼성의 일인이자 화산파의 장로 유어청이었다.

그는 친맹주파로 언제나 우금명의 편을 드는 인물이었다. 하지만 그런 그조차도 이번 일로 인해 잡혀간 화산파의 인물들을 그저 좌시할 수만은 없어 이렇게 나섰다.

우금명이 그런 유어청의 질문에 답했다.

"맞습니다. 귀고리는 특별할 것이 없지만 문제는 바로 이것에 적혀 있는 바로 이 명이라는 글자이지요."

우금명이 모두 보라는 듯이 귀고리를 쭉 내밀었다.

작은 글씨였지만 이곳에 모인 절정의 고수들에게 그 정도를 살피는 것은 어려운 일이 아니었다.

글씨를 보여 준 우금명이 좌중을 향해 말했다.

"내가 의심했던 자들의 거처에서 모두 이것이 나왔네. 과연 이게 우연이겠는가?"

"……하면 대체 그들은 누구란 말입니까? 마교도 아닌 그 누가 무림맹에 그토록 대대적으로 간자들을 심어 둘 수 있겠습니까."

북호의 질문에 우금명이 대답했다.

"명객이라는 자들이지."

"명객?"

내전에 모인 무인들이 서로의 얼굴을 살폈다.

들어 본 적이 없다.

복호가 재차 물었다.

"그래서 맹주께서는 그 명객이라는 자들과 연관된 그들을 모두 잡아들이신 겁니까?"

"그렇다네."

"그들이 그렇게 위험한 자들입니까?"

"비단 무림맹뿐만이 아니네. 그들은 마교, 심지어 황궁에까지 간자들을 심어 두고 실질적으로 지금 무림을 뒤에서 조종하려 들고 있더군."

우금명의 입에서 터져 나오는 말들은 무림맹의 인물들을 연신 혼란스럽게 만들었다. 갑작스러운 사건, 그리고 명객이라는 존재에 이어 그들이 무림을 뒤에서 조종하려 든다고 한다.

북호가 조심스레 말했다.

"무림을 뒤에서 조종하다니, 믿기 어렵습니다. 그게 가능할 리가……."

"북호."

"예, 맹주님."

"만약 내가 그때 단창묘호리에게 죽었다면 어땠을까?"

"……."

우금명의 말에 북호가 갑자기 침묵했다.

그가 하고자 하는 말이 무엇인지 너무나 잘 알았기 때문이다. 우금명의 말이 이어졌다.

"불가능하다 생각들 하겠지. 하지만 이건 실제로 일어난 일이네. 이십여 년 전 죽은 마교 교주 용무련을 기억하는가? 그의 죽음도 바로 명객들이 관련되었었지. 그들이 바로 용무련을 죽이고 이제는 물러난 헌원기를 교주로 앉혔던 거야."

적월에게 들은 이야기를 밝히는 그 순간 좌중의 안색이 굳어졌다.

만약 그 말이 사실이라면 무림맹 또한 다르지 않다.

마교에 이어 무림맹까지 손에 쥐었었다면…… 무림의 삼분지 이 이상은 먹었다고 봐야 옳다.

그럼에도 불구하고 이들이 쉬이 맹주의 말에 무엇인가 의견을 내놓지 못하는 이유는 다름 아닌 잡혀간 인물들 때문이다.

그들은 명문 정파의 이름 있는 무인들이었다.

그들이 모두 그런 괴이한 집단에 속해 있다는 사실이 쉬이 믿기 어렵고, 또 믿고 싶지도 않았기 때문이다. 하지만 아쉽게도 아직 내부의 정리는 끝나지 않았었다.

혼란에 빠져 있는 그들을 향해 우금명이 다시금 충격적인 말을 내뱉었다.

"아직 숙청은 끝나지 않았네. 이제부터 시작이지. 각파의 대표로 한 사람들씩 나서게."

내전에 모여든 무인들이 놀란 얼굴로 서로를 살피다 이내 하나씩 앞으로 걸어 나왔다. 구파일방이나 오대세가를 비롯한 각기 종소문파의 대표로 한 사람씩 나선 것이다.

그리고 그런 그들을 하나씩 바라보며 우금명은 준비해 두었던 서찰들을 하나씩 건넸다. 모두에게 서찰을 건넨 우금명이 입을 열었다.

"다들 펴 보게."

명이 떨어지자 기다렸다는 듯이 그들은 동시에 서찰을 펼쳤다. 그리고 서찰 안을 살펴본 그들의 표정이 일그러졌다.

그곳에는 자신의 문파에 속한 무인들의 이름이 적혀 있었다.

그리고 이 같은 상황에 이름이 적힌 서찰이라면 그것이 무엇이겠는가?

우금명이 말했다.

"서찰에 적힌 자들을 잡아서 무림맹으로 압송하게. 그들 또한 이번 일에 연루되었을 가능성이 큰 자들일세."

"하오나 이분은……."

대선배의 이름이 적혀 있는 서찰을 보며 점창파의 대표가 중얼거렸다. 하지만 우금명은 단호했다.

"죄가 없다면 조사를 하고 밝혀내면 될 터일세! 이 또한 내 독단으로 하지 않고 각파의 사람들을 뽑아 함께 조사단을 만들 생각이야. 그러니 우선 의심되는 모두를 잡아들여야 하네. 다들 갑작스러운 이 사건이 부담스러운 것은 잘 알고 있네. 하지만 잊지들 말게. 우리는 무림맹일세. 정파 무림을 대표하며 동시에 정의를 수호하는 집단이란 말일세. 그런 우리의 내부에 간자가 있다면…… 처단해야 하는 게 당연한 일 아니던가."

우금명의 말에 그 누구도 토를 달지 않았다.

정말 이들이 간자라면 우금명이 이리 말하지 않는다 해도 처단할 수밖에 없다.

길게 숨을 내쉰 우금명이 크게 소리쳤다.

"맹주의 이름으로 명한다!"

고함 소리에 모두가 무릎을 꿇고 우금명을 올려다보았다.

우금명이 말을 이었다.

"금일 이후 간자로 의심되는 모든 자들을 각파에서 색출하며 무림맹으로 인도하도록 하라! 그리고 이 일을 해결하기 위해 임시로 대홍련(大紅聯)이라는 단체를 만들 것이다!"

모두가 우금명의 말에 귀를 기울였고, 그가 말을 이었다.

"대홍련은 이번 사건과 관련된 그 모든 것을 담당할 것이며, 그 련주로는……."

우금명이 적월을 바라봤다.

좌측에 서 있던 그가 처음으로 앞으로 걸어 나왔다.

그리고 우금명이 뒤이어 말했다.

"적월을 임명한다."

우금명의 말에 모두가 놀란 얼굴로 서로를 바라봤다.

처음부터 우금명이 앉아 있는 단상 옆에 서 있던 적월을 모두가 보기는 했다. 하지만 지금 일어난 이 사건이 워낙 컸기에 그들은 그런 적월의 존재에 크게 신경조차 쓰지 않고 있었다.

그런데 갑작스럽게 우금명이 만든다 한 대홍련이라는 단체의 수장으로 저 새파란 젊은이를 임명한다니.

중원을 비롯한 황궁까지 노린다는 그자들을 처단하기 위해 대홍련을 만드는 것이다. 그들은 아마도 명문 정파나 여타의 중소문파들 또한 들쑤시고 다녀야 할 것이 자명하다. 그런 중대한 임무에 저런 젊은이는 어울리지 않는다.

하물며 적월은 여태 무림맹에서 크게 두각을 드러내지 않은 인물이었다. 바로 얼마 전까지는.

모두의 웅성거림 속에서 누군가가 말을 꺼냈다.

"잠깐, 적월이라면 그자가 아니요? 쌍귀를 혼자서 꺾었다는 그……."

왜 젊은 사내에게 그런 중책을 맡기느냐 하는 시선이던 그들의 눈이 한순간 커졌다. 어디선가 들어 본 이름이라 생각했거늘 바로 그것이었다.

최근 들어 무인들 사이에서 회자되는 바로 그자다.

모두가 적월을 가만히 바라봤다.

소문대로다.

너무나 젊고 또 그리 강인해 보이지 않는다. 정말 저런 자가 우내이십삼성의 쌍귀를 꺾었다는 것이 믿어지지 않았다.

화산파의 유어청이 나섰다.

"자네는 조금 낯이 익은데…… 그때 실종되었던 맹주님을 보호하고 온 이가 아닌가?"

유어청은 정확하게 그날을 기억해 냈다.

갑작스럽게 대전에 죽은 줄 알았던 우금명이 나타났다. 그때 그런 그를 부축하고 들어왔던 젊은 사내가 바로 저자였다.

유어청의 눈썰미는 무척이나 뛰어났다. 단 한 번의 짧은 만남임에도 정확하게 적월을 알아차린 것이다.

적월이 고개를 끄덕이며 말했다.

"맞습니다."

"역시! 그렇다면 설마 그때도 자네가 맹주님을 구한 것이었던가?"

적월이 슬쩍 우금명을 바라봤다.

어찌 말해야 할지 허락을 구하는 그 시선에 우금명이 대신해서 나섰다. 그가 유어청을 향해 말했다.

"그렇습니다. 저는 그때 독에 중독되어 단창묘호리에게 당한 상태였지요. 그런 저를 구해 준 것이 바로 이 친구였습니다. 그리고 그때부터 저는 적월과 함께 놈들의 뒤를 캤지요. 그랬기에 전 적월을 대홍련의 련주에 앉히려 하는 것입니다. 뭐, 이야기를 들어 아시겠지만 이 친구 꽤 대단한 실력을 가졌습니다."

우금명이 이야기를 잠시 멈추더니 이내 주변을 둘러보면서 말을 이어 나갔다.

"비단 무공 실력만이 뛰어난 게 아닙니다. 명객이라는 자들에 대해 누구보다 많은 것을 아는 친구이기도 하니까 그를 련주에 앉히고자 마음먹었습니다. 저는 이 친구보다 련주에 어울리는 사람은 없다고 보는데 어떻게 생각하십니까?"

"음."

유어청이 짧은 탄식을 토해 냈다.

우금명은 생각이 깊은 자다. 그런 그의 결정이라면 토를 달 생각은 없지만 문제는 전부가 그렇게 생각하지는 않을 거라는 거다.

그리고 바로 즉시 그런 유어청의 생각대로 누군가가 앞으로 나섰다.

혈검자(血劍子) 장도룡(丈度龍)이다.

"맹주님, 정말 저 사내가 그리 뛰어납니까?"

오십 대 초반의 나이인 그는 벌써 십여 년 전부터 우내이십삼성의 일인이 된 사내다. 그만큼 우내이십삼성이라는 자부심도 강하고, 또 무림맹에서 지닌 입지도 적지 않다.

맹주의 편도, 그렇다고 맹주와 반목하는 패거리에도 섞이지 않은 중립적인 인물이다.

그런 그를 보며 우금명이 답했다.

"물론이네."

"대홍련이라는 단체를 만드시려는 맹주님의 취지를 보았을 때 그곳은 분명 커다란 힘을 지니게 될 것입니다. 그런 곳에 새파란 자를 앉히다니요. 저는 정말로 저자가 정정당당하게 쌍귀를 이겼다는 말도 믿지 못하겠습니다."

"하고 싶은 말이 있는 듯한데 말하게."

이미 앞으로 나설 때부터 표정으로 알 수 있었다.

뭔가 하고자 싶어 하는 말이 있고 그것이 무엇인지 우금명은 어렴풋이 예상하고 있었다.

"그 대단하다는 실력을 한번 보고 싶습니다. 적어도 모두가 납득할 수 있는 힘을 지녀야 어느 정도 맹주님의 말씀에 동조할 수 있을 것 같습니다."

"그럼 이렇게 하지요."

여태까지 침묵하던 적월이 처음으로 입을 열었다.

맹주와 장도룡에게 향해 있던 시선이 다시금 적월에게로 쏠렸다.

적월이 품 안에서 동전을 꺼내 들었다.

"이곳에서 싸울 수는 없는 노릇이니 이걸로 한번 해볼까요?"

"동전으로 뭘 하자는 것인가?"

장도룡이 물었다.

적월은 가볍게 손가락 끝으로 동전을 튕겼다. 적월의 손에서 빠져나간 동전이 둘 사이로 날아가서 떨어졌다.

탕.

가벼운 소리가 내전에 울려 퍼졌다.

동전을 던진 적월이 이내 장도룡의 질문에 답했다.

"가볍게 내공으로 한번 해보는 게 어떨까 하는데 어떻습니까? 굳이 싸울 필요도 없고, 간단하게 끝나니 이게 나아 보이는데요."

"내공 싸움?"

장도룡이 적월을 바라보며 코웃음을 쳤다.

다른 것도 아닌 내공 싸움이라니 이 어찌 우습지 않겠는가. 차라리 가볍게 무공을 겨루어 보거나 하는 것이었다면 모르겠다. 하지만 내공 싸움에서 자신이 질 거라는 생각은 결단코 들지 않았다.

장도룡이 말했다.

"자네가 불리하지 않겠는가?"

"불리할 것 있겠습니까. 그럼, 말 나온 김에 바로 하도록 하지요. 동전을 상대방 쪽으로 밀어내면 이기는 겁니다."

"그리하지."

고개를 끄덕인 장도룡이 두 눈을 감았다가 부릅떴다. 그 순간 몸에서 내공이 폭발하듯이 흘러나왔다. 우내이십삼성의 경지에 오른 자답게 그 기운은 놀랄 정도로 강대했다.

자연스럽게 주변에 있던 무인들의 입에서 탄성이 흘러나왔다.

"오오."

준비가 끝났다는 듯이 적월을 바라보는 장도룡의 눈에는 자신감이 가득했다. 그에 반해 적월은 방금 전과 크게 다를 것 없는 모습이었다.

하지만 적월 또한 자신이 준비가 되었다는 듯이 가볍게 손을 들어 올렸다. 그 모습을 보며 장도룡이 회심의 미소를 지어 보였다.

'감히 나와 내공 대결을 하자고? 새파란 애송이가!'

내공이 바닥에 떨어져 있는 동전을 향해 쏘아져 나갔다. 허공섭물과 묘리를 사용하여 내공을 동전에 집중시켰다. 보통의 무인들에게는 무리겠지만 장도룡에게는 그리 어려운 일이 아니었다.

적월 또한 마찬가지로 동전에 집중했다.

하지만 적월의 몸에서 흘러나온 것은 내력이 아니었다. 붉은 기운이 동전 끝에 어린다.

요력이다.

그리고 그 순간이었다.

티잉!

날카로운 파공음과 함께 허공으로 떠오르던 동전이 그대로 날아갔다. 그리고 그것은 장도룡을 스치고 지나가 뒤에 있는 벽에 틀어박혔다.

퍽!

소리와 함께 장내는 침묵에 잠겼다.

심지어 자신 있게 웃고 있던 장도룡은 그 상태로 뻣뻣하게 굳어서 서 있었다.

적월이 여유 있게 말했다.

"된 것 같군요."

"자, 잠깐!"

장도룡이 황급히 소리쳤다.

적월이 힐끔 그를 보며 입을 열었다.

"뭡니까?"

"으음."

다급히 불러 세우긴 했지만 딱히 할 말이 없다. 방심을 했다거나 이런 것도 아니었고, 그런 말로 지금 상황을 설명하자니 무인으로서 자존심도 서지 않는다.

우내이십삼성이라 불리는 무인이다.

굳이 더 뭔가를 하지 않아도 상대의 힘을 느낄 수 있었다. 물론 자신을 그토록 쉽사리 제압하는 힘이 믿어지지는 않지만 직접 느끼지 않았는가.

적월이라는 새파란 애송이가 대홍련이라는 단체의 수장이 된다기에 맘에 안 들어 나선 장도룡이다. 하지만 자신이 어찌하지 못할 수준의 실력을 지닌 자라면 더는 반대할 이유가 없다.

장도룡이 입을 열었다.

"깨끗이 승복하지. 방금 전까지 자네를 무시한 나를 용서하게."

장도룡이 깨끗이 패배를 인정하자 적월은 그런 그의 모습이 마음에 들었다. 패배를 알면서도 끝까지 자존심을 세우려 드는 그런 종자들과는 다르다는 생각 때문이다.

적월이 포권을 취하며 그런 장도룡에게 답했다.

너무나 쉽게 패배했다는 사실이 못내 아쉽긴 했으나 장도룡은 그런 마음을 애써 훌훌 털어 버리며 다른 이들을 바라보며 말했다.

"이 적월이라는 자의 실력은 내가 보장하겠소이다. 대표로 나와 싸워 내가 패했으니 이제부터 그의 실력을 의심한다는 말은 곧 나를 의심한다는 말이 될 것이오. 아직까지 믿기지 않는다면 이제부터 나서는 이들은 내가 상대해 주겠소."

장도룡의 말에 사람들은 쉽사리 입을 열지 못했다.

적월과는 달리 장도룡의 실력은 모두가 눈으로 보지 않았던가. 우내이십삼성의 일인인 그와 싸우고 싶어 하는 자는 아무도 없었다.

좌중이 조용해지자 기다리고 있던 우금명이 입을 열었다.

"이야기가 대충 끝난 것 같은데 또 할 말씀들이 있으시오?"

"맹주님, 이미 혈검자께서 실력을 입증하셨으니 그것을 의심하는 바는 아니나 저리 젊은 사내를 련주에 앉히시면 일의 진행이 어렵지 않겠습니까?"

잠시 상황이 흘러가는 것을 좌시만 하던 복호가 나서서 물었다.

그러자 우금명이 인정한다는 듯이 고개를 끄덕였다.

"맞네. 저 친구만으로는 다른 이들의 공감을 이끌어 내는 것이 쉽지 않겠지. 실력만으로 모든 것이 되는 무림은 아니니까."

 적월에게는 뛰어난 힘, 그리고 명객에 대한 정보가 있다. 하지만 단 하나 없는 것이 있으니 그것이 바로 인맥이다.

 적월에게는 그를 뒷받침해 줄 배경도 없고, 또 친분을 지닌 명문 정파의 고수들도 없다.

 그랬기에 우금명 또한 준비한 것이 있다.

 우금명이 화산파 제일 고수인 유어청을 바라봤다.

 높은 배분을 지닌 자, 그리고 그를 따르는 무림의 후배들의 숫자는 셀 수가 없을 정도다. 화산파뿐만이 아닌 전 중원을 통틀어 가장 많은 존경을 받는 인물 중 하나.

 우금명이 유어청을 향해 말했다.

 "화산검신께서 적월을 도와주셨으면 합니다."

 "제가 말입니까?"

 "예. 부련주의 자리를 맡아 주시지요."

 "이 모자란 늙은이의 힘이 필요하다면…… 의당 그래야지요."

 옳은 일을 위한 단체다.

 그런 곳에 힘을 보태는 일이거늘 그가 거절할 이유가 없었다.

 유어청이 대홍련 부련주의 자리에 앉자 사람들은 수긍의 빛을 띠었다. 다른 이도 아닌 그라면 믿을 수 있다는 생각에

서다.

우금명이 좌중을 바라보며 다시금 말했다.

"아까 말했던 말을 기억하는가? 나는 이 대홍련에 내 사람들만 넣을 생각이 없다네. 구파일방, 오대세가뿐만이 아닌 여타의 문파들에서도 사람들을 뽑아 대홍련이라는 곳에 임명할 생각이네. 그러나 다들 명심할 것이 있네."

이 조사는 광범위하게 벌어질 것이다.

잡혀 온 고수들도 심문하고 조사해야 할 것이며, 또 그러는 와중에 안 좋은 일도 있을 수 있다. 하지만 그렇다고 하여 썩어 버린 치부를 보고만 있다면 더욱 큰 피해를 입게 될 것이다.

차라리 당장엔 아플지 몰라도 쳐 내야 한다. 그리고 그러기 위해서는 단호한 결단이 필요했다.

"같은 문파의 사람이라 하여, 또는 지인이라 하여 잘못을 보고도 못 본 척 넘어가서는 아니 된다는 것이네. 우리는 공명정대(公明正大)해야 할 것이며, 또 한 치의 잘못된 선택도 해서는 아니 될 것이야."

말을 마친 우금명이 시선을 보내자 단상 아래 있던 유어청이 슬쩍 위쪽으로 걸어 올라왔다. 그리고 그에 맞춰 적월은 아래로 내려가 유어청과 나란히 섰다.

둘은 이내 좌중을 향해 시선을 돌렸고 그 둘보다 조금 높은 곳에 선 우금명이 명했다.

"오늘 바로 이 시간, 맹주의 이름으로 대홍련을 발족하겠네. 추후의 일은 두 사람에게 일임하지."

말이 끝나자 적월과 유어청이 서로를 마주 보며 포권을 취했다.

"잘 부탁하겠네, 련주."

"저 또한 많은 도움 부탁드리겠습니다."

그렇게 명객과 싸울 무림맹의 정예 부대, 대홍련이 발족했다.

第四章
대홍련(大紅聯)

전부 잡아들여

 맹주의 명으로 창설된 대홍련은 그 즉시 움직임에 들어갔다. 련주가 된 적월과 부련주가 된 화산파의 유어청이 모여 대홍련에 적합한 인물들을 뽑았다.

 맹주의 명에 따라 각 명문 정파뿐만이 아니라 중소문파에서도 두루두루 사람을 뽑아 뒤에서 좋지 않은 소리가 나오는 것을 방지했다.

 대부분의 인원은 유어청이 추천했고 적월은 그런 그의 제안에 고개를 끄덕일 뿐이었다.

 적월로서는 딱히 추천할 만한 인물이 없었기에 인사에 관련해서는 모든 것을 유어청에게 맡기다시피 했던 것이다.

하지만 그런 적월도 시간이 지나고 뒤늦게 대홍련에 한 사람을 추천했으니 그건 다름 아닌 설화였다.

"설화?"

유어청이 적월을 바라보며 되물었다.

그러자 적월이 고개를 끄덕이며 말했다.

"묵혼대 조장입니다."

"아, 누군지는 알고 있네."

"알고 계신다고요?"

적월은 의외라는 듯한 표정을 짓고 있었다.

우내이십삼성의 일인이자 노고수인 그가 설화를 안다는 사실이 놀라웠기 때문이다. 설화는 크게 이름을 날리고 있는 무인이 아니다. 그랬기에 유어청이 그녀를 알고 있을 거라고는 생각도 하지 못했다.

그러자 유어청이 대수롭지 않다는 듯 말했다.

"설화의 아버지와 내가 알고 있는 사이인지라 어릴 때부터 종종 봐 와서 알고 있는 것이라네."

"……."

유어청은 아무렇지 않게 말했지만 설화에 대해 잘 알고 있는 적월은 놀라지 않을 수 없었다.

설화의 아버지라면 설리표를 이야기하는 것이다. 그런 그와 알고 지내던 사이라는 것은 곧 설화가 여자라는 것과, 화룡검문의 사람이라는 걸 안다는 소리가 아닌가.

동시에 적월은 설화에게 들었던 이야기가 생각났다.

무림맹에서 단 한 명만이 자신의 정체를 알고 있다 했다. 그의 도움을 받아 무림맹에서 신분을 숨기고 지낼 수 있었다는 것도. 그분은 아버지의 오래된 지기라 하지 않았던가.

'유어청이었군.'

설화가 말한 그 지인이 유어청이 분명했다. 유어청의 힘이라면 설화의 신분 정도는 얼마든지 감출 수 있고, 또 지켜 줄 수 있었을 것이다.

유어청이 턱을 어루만지며 중얼거렸다.

"한데 그 녀석은 이런 일은 별로 원치 않을 터인데…… 이미 다른 이들도 다 뽑아 놓고 활동을 시작한 마당에 굳이 설화를 뽑아야겠는가? 필요하다면 다른 이를 뽑는 게 어떠한가. 그 아이는 아직 이런 일에는 적합하지 않다고 보이는데."

유어청이 슬쩍 설화를 뽑는 것을 반대하려 했다.

아마도 설화의 비밀을 알고 있기에 그녀를 위해 하는 행동이리라. 하지만 유어청은 적월과 설화를 관계를 알지 못했다.

대홍련이라는 단체가 생기고 몸 수습이 어느 정도 끝나자 설화 본인이 같이 움직이기를 청했다. 그에 반해 몽우는 대홍련에 들어오는 걸 거절했다.

굳이 그런 단체에 얽매일 필요가 있냐는 것이 거절의 이유였다.

필요하면 따라다니면 그만이라고 능글맞게 말하는 몽우를 보며 적월은 편한 대로 하라는 말만 했을 뿐이다. 애초에 명객인 몽우가 무림맹의 대홍련에 들어오는 것도 그리 쉽지 않기 때문이다.

예전에야 무림맹에 적지 않은 명객의 끈이 있었을지 모르나 이제는 아니다.

이런 상황에서 신분이 불분명한 몽우가 들어오는 것은 불가능에 가깝다.

적월이 유어청을 바라보며 말했다.

"본인 입으로 듣도록 하죠. 잠시만 기다려 주시지요."

말을 마친 적월이 자리에서 일어나 성큼 바깥으로 걸어 나갔다. 애초부터 유어청이 적월의 거처로 찾아왔던 상태였다. 그랬기에 설화의 거처는 바로 옆이라 해도 과언이 아닐 정도로 가까웠다.

적월이 순식간에 설화의 거처에 도착했다.

그리고 문 앞에 서는 순간 다른 보통 사람은 느끼지 못할 기묘한 기운을 알아차렸다.

그것은 요력이었다.

적월이 조용히 문을 열고 안으로 들어섰다.

그리고 그곳에서는 가부좌를 튼 채로 흡사 내공을 운기하는 것만 같은 설화가 앉아 있었다. 하지만 지금 설화에게서 풍겨져 나오는 기운은 결코 내공이 아니라는 걸 적월은 잘 알았다.

요력이 방을 가득 덮으며 사방으로 요동치고 있었다. 덩달아 방 구석구석에 놓여 있는 동전들도 미세하게 꿈틀거린다.

이것은 적월이 요력을 조금 더 세밀하게 다룰 수 있기 위해 행하던 연습 방법이다. 적월이 설화에게 여러 가지의 요력 수련 방법을 전수했고 지금 그녀는 그중 하나를 하고 있었던 것이다.

적월의 등장을 설화 또한 알았겠지만 그녀는 미동도 하지 않았다.

요력을 움직이는 단계였기에 아마도 마무리를 하고자 하는 모양이다. 적월은 옆에 있는 의자에 걸터앉았고, 얼마 지나지 않아 설화가 깊은숨과 함께 눈을 떴다.

흘러내린 땀방울을 다급히 닦아 내며 설화가 입을 열었다.

"무슨 일이에요?"

"훈련은 잘되고 있냐?"

"아, 덕분에요. 몸도 점점 가벼워지는 것 같고 이제는 살 만해요."

고열에 시달리던 모습이 거짓말이기라도 하다는 듯이 설화의 상태는 멀쩡해 보였다. 아직 미숙하긴 했으나 요력을 다루는 것도 예전에 비해 많이 늘어 이제는 실전에서도 어느 정도 도움이 될 정도가 되었다.

적월이 다짐을 받으려는 듯이 다시 말했다.

"잊지 마. 네 요력은 위험한 물건이라는 걸."

"알고 있어요."

설화가 고개를 끄덕이며 답했다.

차곡차곡 쌓지 않은 요력이다. 지혈석을 통해 얻긴 했으나 그 힘이 순수하지 못하고, 인간이라면 지녀서는 안 될 힘이기도 했다. 요력을 사용하면 물에 젖은 솜처럼 푹 늘어지는 것만 봐도 얼마나 몸에 무리가 오는지도 잘 알고 있다.

설화가 재차 물었다.

"그런데 갑자기 무슨 일로 찾아온 거예요?"

"아 참, 지금 내 거처에 화산파의 유어청이 있는데 그 사람이 네 정체를 알고 있는 아버지의 지인이냐?"

"네, 맞아요. 그걸 어떻게 알았어요?"

"이야기하다 보니까. 그자가 지금 내 거처에 있는데 널 대홍련에 넣으려 하니까 반대를 하더라고. 직접 가서 네 입으로 말해야겠어."

"제 정체를 아시니 걱정이 되셨나 봐요. 당신의 방에 있다고 했죠? 얼굴 뵌 지도 오래되었는데 이 기회에 인사나 한번 드리죠."

급히 자리에서 일어난 설화가 적월과 함께 그의 방을 향해 움직였다. 그리고 도착한 적월의 방에는 차를 마시며 설화를 기다리는 유어청이 있었다.

유어청은 설화를 보자 반가운 표정으로 자리에서 일어났다. 그가 인자한 웃음을 머금었다.

"잘 지냈느냐?"

"오랜만에 봬요, 아저씨."

"허허, 몸이 아프다 들었다. 찾아가지 못해 미안하구나. 아무래도 그리 쉽게 찾아갈 수 없는 상황인지라. 이해해 주려무나."

"괜찮아요."

설화가 고개를 저으며 대답했다.

나이가 육십에 가까울 정도의 차이가 나는 둘이다.

그런 그에게 아저씨라는 호칭은 어울리지 않았지만 유어청은 아무렇지 않아 보였다.

설리표와 유어청은 무척이나 친한 사이였다.

그들 또한 나이가 크게 차이가 났으나 둘은 그런 것을 초월한 사이였다. 나이 차를 뛰어넘은 우정을 지녔던 둘은 벗으로 살아왔다. 그러했기에 자연스레 아버지의 벗인 유어청에게 설화는 어릴 때부터 아저씨라 불렀다.

그랬기에 둘 모두 이 호칭이 어색하지 않았던 것이다.

오랜만에 만난 둘의 인사를 옆에서 그저 바라만 보던 적월이 헛기침을 했다.

"흠흠. 나눌 말이 있으신 것 같으니 저는 잠깐 나갔다가 오겠습니다. 두 분이서 대화 나누시죠."

말을 마친 적월이 설화에게 알아서 대충 이야기를 끝내라는 시선을 보내고는 바깥으로 걸어 나갔다. 오랜 시간 방에 틀어박혀 있던 탓에 바깥 공기를 쐬고 싶은 마음도 한몫했다.

적월이 문을 닫고 사라지자 유어청이 설화를 자리에 앉히며 말했다.

"련주께서 너를 대홍련에 넣으려고 하더구나. 내가 잘 말해서 빼려고 하는데……."

"아니에요. 아저씨, 대홍련에 들어가고 싶다고 한 건 저였어요."

"네가?"

의외라는 듯이 유어청이 되물었다.

그러자 설화가 고개를 끄덕이며 말했다.

"네. 제가 대홍련에 넣어 달라고 부탁한 거예요."

"허허, 이해가 안 되는구나. 갑자기 왜 그런 결정을 내린 것이냐?"

유어청은 설화에 대해 잘 알고 있다.

그녀가 왜 묵혼대의 조장 자리에 앉아 싸움터만 전전했는지도.

하지만 최근 들어 설화가 변했다. 싸움터만 전전하던 설화가 갑자기 다른 임무들을 수행하고 있다는 걸 유어청은 알고 있었다. 갑작스럽게 변한 그녀의 행동에 의문은 들었지만 아무런 것도 묻지 않았다.

설화를 믿기 때문이다.

문득 설리표가 죽고 나서 얼마 되지 않았을 때가 기억난다.

추운 겨울, 유어청에게 한 사람이 찾아왔다.

지저분한 옷차림, 그리고 풀려 버린 눈동자.

설화였다.

예전의 생기 넘치던 눈동자를 기억하던 유어청으로서는 변해 버린 설화의 모습에 크게 충격을 받았다. 하지만 이해할 수 없는 건 아니었다.

설리표의 죽음에 대해 알고 유어청도 얼마나 큰 충격과 상실감을 느꼈던가. 자신이 그랬거늘 하물며 하나뿐인 혈육인 설화는 얼마나 큰 고통을 받았을지 상상조차 되지 않는다.

생기 없는 눈동자였지만 설화의 마음은 확고했다.

복수였다.

아버지를 죽이는 것에 연관된 모두를 죽이겠다며 설화는 자신의 마음을 전했다. 그리고 수년이 지나는 동안 설화는 여인으로서는 버티지 못할 싸움터만 찾아서 다니며 실력을 늘려만 갔다.

그런 모습이 안타깝기도 했으나 그만큼 그 마음을 알기에 유어청은 말리지 않고 묵묵히 뒤에서 설화를 도와줬었다. 그런데…….

유어청의 시선을 받던 설화가 입을 열었다.

"복수를 위해서요."

"대홍련과 네 복수가 무슨 상관이더냐?"

"아버지의 죽음이 그 명객이라는 자들과 아예 상관이 없는 건 아니라는 걸 알아 버렸으니까요."

"……설리표의 죽음에도 명객이 개입되었다는 것이냐?"

"네."

"대체 놈들은 어디까지……."

믿기 힘들다는 듯이 유어청은 중얼거렸다.

파고들수록 그 커다란 힘에 두려움이 느껴질 정도다. 대체 얼마나 큰 힘을 지녔기에 마교의 교주를 바꾸는 걸로 모자라 설리표의 죽음에도 개입했단 말인가.

무림맹, 마교, 그리고 황궁까지…….

잠시 명객이라는 존재에 대해 생각하던 유어청이 이내 설화를 향해 고개를 끄덕였다.

"그래, 그렇다면 너도 대홍련에 들어와야지. 그런데 대체 련주와 무슨 사이냐? 최근에는 련주와 함께만 임무를 수행했던데 말이야. 거기다가 알아보니 오래전에 네가 무림맹에 들어올 수 있게 부탁했던 그 친구가 지금의 련주더구나."

"아저씨랑 같아요."

"나와 같다니?"

"그 사람은 제가 여자인 것도 알고 있고 제 아버지에 대해서도 알죠. 아저씨처럼 무림맹이 아닌 바깥에서부터 알던 사람이거든요."

"뭐야?"

유어청의 표정이 굳어졌다.

설화가 여인이라는 사실이 밝혀지는 것도 물론 문제가 될 수 있다. 하지만 그보다 큰 문제는 바로 화룡검문과 관련된 사실이 밝혀지는 것이다.

지금 황궁에서는 화룡검문을 반역도들로 몰아 죽이려 들고 있지 않던가. 이런 상황에서 설화의 정체가 들통 나면 큰 사달이 벌어질 게다.

그때 설화가 말했다.

"제 약혼자예요."

"야, 약혼자?"

놀란 유어청이 더듬거렸다.

그런 유어청을 보며 설화가 조그맣게 고개를 저으며 말을 이었다.

"오래전 이야기예요."

"오래전의 네 약혼자라면…… 설마 저 친구가 적사문의 아들이라는 게냐?"

"맞아요."

어찌 적사문을 모르겠는가.

설리표가 하루가 멀다 하고 칭찬하던 그 사내의 이름을 유어청이 잊었을 리가 없다. 그리고 실제로 유어청은 두어 차례 정도 적사문과 만났던 적도 있다.

그는 훌륭한 문사였고, 뛰어난 관리였다.

훗날 그가 잠적한 후에 설리표가 얼마나 안타까워했던가. 중간에 다시 만났다는 말에 축하한다며 술잔을 기울이기도 했던 것이 엊그제처럼 기억이 난다.

유어청이 너털웃음을 흘렸다.

"허허, 정말 재미있는 인연이로구나."

설리표와 적사문은 최고의 지기였던 사이다.

그리고 그런 그 둘의 자식들이 이곳에서 함께 싸워 가고 있다.

어찌 인연이라 하지 않을 수 있겠는가.

유어청이 예전보다 한결 가벼워진 듯한 설화의 얼굴을 바라봤다. 생기 없고 항상 차갑기만 해 보였던 그녀였는데 오랜만에 본 설화는 많이 달라져 있는 인상이다.

예전처럼 밝기만 한 아이는 분명 아니지만 무엇인가가 변한 느낌이다. 설화에게 아주 조금의 변화가 있다면 아마도 그건 저 적월이라는 자 때문이리라.

유어청이 오랜만에 장난스럽게 말을 걸었다.

"낭군님과 함께하니 좋은 모양이로구나."

"무, 무슨 소리를 하는 거예요, 아저씨. 그런 거 아니라니까요?"

당황스럽게 말하는 설화를 보며 유어청이 흐뭇하니 미소를 흘려 보냈다.

　　　　　*　　　*　　　*

맹주 우금명의 명이 떨어지고, 각 정파의 문파들은 내부에 있는 간자들을 색출하기 시작했다. 개중 일부는 순순히 오라를 받아들였지만 모두가 그런 것은 아니었다.

일부의 무인들은 그런 맹주의 명을 무시한 채로 그대로 몸을 내빼고 도주했다.

그리고 그런 그들을 잡기 위해 마침내 대홍련이 움직였다.

그 출정은 무척이나 비밀스럽게 진행됐다.

혹여나 아직도 무림맹에 남은 간자가 있을지도 모르기 때문이다. 오로지 맹주에게만 보고한 채로 그들은 은밀하게 목적지로 향했다.

대홍련 소속의 무인의 숫자는 대략 육십여 명.

련주 적월을 필두로 아래로 부련주 유어청, 그리고 두 명의 조장이 있었으며 별개로 설화가 총관의 역할을 맡으며 적월의 옆에서 움직이게 됐다.

그리고 무림맹을 떠났던 대홍련 일조가 하남성 신양(信陽)에 모습을 드러냈다.

서른 명에 달하는 숫자의 무인들이 함께 움직이면 당연히 눈에 띄기 마련이다. 그들은 삼삼오오 모여 제각기 다른 시간, 다른 길을 통해 신양에 들어섰다.

그리고 그런 그들이 향하는 곳은 같은 곳이었다.

천양루라 불리는 조그마한 기루가 바로 그들의 목적지였다.

천양루는 조용했다.

아니, 정확히 말하자면 그 누구의 모습도 보이지 않는다 해야 정상일 게다. 저녁 시간인데도 불구하고 이토록 아무런 사람이 없다는 건 이상한 일이다.

하나 이것은 전부 사전에 무림맹에서 손을 쓴 덕분이다.

대홍련이 움직인 것을 외부에 알려지지 않게 하기 위해 미리 천양루 전체를 예약했던 것이다. 그랬기에 이 기루는 며칠 전부터 내부 수리 중이라며 손님을 받지 않았다.

그렇게 천양루에 하나둘씩 사람들이 몰려들었다. 그리고 제일 마지막으로 천양루에 젊은 두 사람이 모습을 드러냈다.

자리에 착석한 채로 앉아 있던 서른 명 가까운 무인들이 동시에 일어나 포권을 취했다.

적월이었다.

적월 또한 가벼운 인사로 대신하며 천천히 기루의 한쪽으로 다가갔다. 적월의 옆에 서 있는 설화 또한 별다른 표정 없이 그와 함께 자리에 가서 앉았다.

대홍련의 두 개 조 중 하나를 이끌고 적월이 이곳 신양으로 왔다.

나머지 한 개 조와 부련주 유어청은 무림맹에 남았다. 그는 그곳에서 잡아들여 오는 자들을 심문할 것이며 죄의 유무를 가릴 것이다.

이토록 많은 인원이 하남에 온 이유는 간단했다.

지금 이곳 하남 신양에 도망친 자들이 모여 있다는 정보를 받았기 때문이다.

적월은 무림맹에 남아 하루 종일 골방에 틀어박혀 심문을 하는 것보다는 이 임무가 나을 것 같았기에 스스로 하남까지 오겠다고 지원을 했다.

하지만 그것이 전부는 아니다.

순순히 잡혀 들어간 자들보다는 이렇게 도망친 자 중에 명객이 섞여 있을 확률도 크다. 유어청이라면 명객과 싸울 수는 있다. 하지만 그 숫자가 많다면 제아무리 화산의 제일고수인 그라고 해도 감당할 수가 없다. 그랬기에 적월은 안은 유어청에게 맡기고 바깥 정리에 나섰던 것이다.

하지만 그것은 적월의 생각이었다.

대홍련의 무인들은 적월과 함께 이번 일에 투입된 것이 그리 마땅치 않은 모양이다.

그들은 적월의 실력을 알지 못했다.

강하다는 소문은 익히 들어 알았지만 직접 본 것과 소문으로 들은 것은 다르다. 그들의 입장에서는 확실한 유어청과 함께하는 것이 더 안심이 되는 것은 당연했다. 자신들이 상대해야 할 자들은 무림에 이름깨나 난 고수들이 아닌가.

하나 그 누구도 적월에게 함부로 대하지는 않았다.

나이는 어리다 해도 맹주가 직접 앉힌 련주의 자리다. 이런 중대한 일을 맡길 정도라면 맹주의 신임도 적지 않다는 소리고 그만한 능력도 있을 것은 자명한 노릇이 아닌가.

다만 마음 한구석에 있는 불신만큼은 어쩔 수가 없었다.

대홍련의 무인들 대부분이 명문 정파에서 이름난 고수들이다. 대부분이 삼사십이 훌쩍 넘었고, 아주 일부만이 이십 대의 끝자락에 걸려 있었다.

한마디로 이곳에서 가장 나이가 어린 것이 적월이었지만, 또 우습게도 가장 높은 자 또한 적월인 셈이었다.

적월과 설화가 자리에 앉자 누군가가 천천히 다가왔다. 적월이 다가오는 상대를 힐끔 바라봤다.

일조 조장 맹획기다.

"련주님, 앉아도 되겠습니까?"

"물론입니다."

적월의 말이 끝나자 맹획기는 옆에 있는 의자 하나를 당겨 그 자리에 동석했다.

마흔이 조금 넘은 나이의 그는 무척이나 건장한 신체의 소유자였다. 떡 벌어진 어깨와 부리부리한 눈동자는 그를 무척이나 사내답게 보이게 해 주었다.

화산파의 무인이기도 한 그가 물었다.

"작전이라도 짜셨습니까?"

"작전이라."

목표한 자들이 기거하는 곳은 이곳에서 그리 멀지 않다. 그랬기에 맹획기는 적월에게 무슨 생각이라도 있느냐 물어보는 것이다.

적월이 대수롭지 않게 말했다.

"그런 건 없는데……."

피식 웃으며 말하는 적월을 보며 맹획기가 당황스러운 표정을 지어 보이며 물었다.

"놈들의 숫자가 제법 된다 들었는데 작전도 없이 갑니까?"

"우리 숫자도 적지는 않다고 보이는데요."

적월이 기루 안에 앉아 있는 무인들을 휘둘러보며 말했다.

어차피 그쪽의 숫자도 많아 봐야 이와 비슷한 수준일 것이다. 그 사이에 명객이 섞여 있을 수는 있겠지만 그런다고 해서 적월 자신과 설화가 있는데 질 일은 없다고 확신할 수 있었다.

하지만 적월의 실력을 잘 모르는 맹획기로서는 불안한 것은 당연했다.

맹획기가 걱정스레 말했다.

"상대 중에 고수가 적지 않습니다. 복마제일검(伏魔第一劍), 음풍영(陰風影), 금협(金俠)……."

계속해서 유명한 별호들을 불러 대는 순간 적월이 손을 들어 그의 말을 저지했다.

무엇을 걱정하는지도, 그리고 지금 이들이 아직 자신을 완전히 믿지 못하고 있는 것도 안다. 그랬기에 이토록 걱정도 하고 있는 것이리라.

자신이 이토록 얕보이고 있는 것이 적월은 마음에 들지 않았다.

모두의 귀가 자신들의 대화에 쏠려 있다는 걸 적월은 알고 있었다. 그랬기에 적월은 모두가 들으라는 듯이 입을 열었다.

"저에 대해 듣지 못하신 겁니까? 아니면 들었지만 믿지 못하시는 겁니까?"

"그게 무슨 소리신지……."

"우내이십삼성 중 하나인 쌍귀조차 제 몸에 부상 하나 입히지 못했다는 건 알고 계십니까?"

"듣긴 들었습니다."

맹획기가 떨떠름하니 대답했다.

그리고 적월이 입을 열었다.

"지금 조장이 말한 그 이름들이 쌍귀의 앞에 놓일 만합니까?"

"무, 물론 아니지요."

어찌 그들을 우내이십삼성과 견준단 말인가.

그 순간 적월이 말을 이어나갔다.

"그렇다면 조장은 지금 내 실력을 의심하는 것밖에 되지 않겠군요."

"그게 아니라……."

다시금 적월이 손을 들어 올려 그의 입을 막았다.

적월은 마교의 교주직에 있었던 인물이다. 그만큼 아랫사람을 다룰 줄 앎과 동시에, 또 명에 대해 토를 다는 것은 무척이나 싫어했다.

자신이 상관인 이상 그 어떠한 것에도 토를 달아서는 아니 된다. 물론 그것이 가능하기 위해서는 상관에 대한 절대적인 믿음이 필요한 것은 당연하다.

그리고 그 믿음을 적월은 지금 주고자 하는 것이다.

"곤란하군요. 앞으로도 무슨 일을 해야 할지 모르는데 상관인 절 믿지 못하다니. 이래서야……."

"믿지 못하는 것이 아니라……."

"아직 제 이야기 안 끝난 거 모릅니까?"

적월이 탁자를 탕 치면서 말하자 맹획기는 입을 닫았.

미친 듯이 몰아치는 적월의 말과 기세에 맹획기는 정신을 차릴 수가 없었다. 이토록 젊은 사내에게서는 쉬이 느끼기 어려운 감정이다.

어렵다. 그리고 불편하다.

마치 정말 자신을 아랫사람 다루듯이 행동하는 것이 무척이나 자연스럽다. 어찌 이런 젊은 사내에게서 이 같은 행동이 자연스럽게 배어 나오는 것일까.

적월이 불쾌하다는 듯이 입을 열었다.

"잊지들 마시지요. 나는 당신들의 상관입니다. 그리고 이런 상황에서 상관을 믿지 못한다면 그 무리는 얼마 못 갑니다. 그러니 보여 드리지요. 당신들이 보고 싶어 하는 모습을. 그리고 이제부터 명령을 내릴 때는 반말을 사용하겠습니다."

말을 마쳤던 적월이 슬쩍 내력을 끌어모으며 입을 열었다.

"한 시진. 그 안에 식사와 휴식을 마쳐라. 그 이후에 바로 움직인다."

* * *

하남성 신양에서 아주 조금 떨어진 곳에는 커다란 별채 한 채가 지어져 있었다. 오래전부터 이곳에 있는 이 별채는 신양에서 알아주는 거부인 유명상의 집이다. 그리고 그 유명상의 거처 내실에 많은 무인들이 모여 있었다.

그들은 제각기 다른 행색이었다.

그도 그럴 것이 정파에 소속된 각양각색의 무인들이 모인 탓이다. 무당파의 도인도 있었고, 소림사의 승려도 있다. 또 개방의 거지들도 있다.

모두가 모여 있는 그 방에서 정갈한 옷차림을 한 사내가 입을 열었다.

"곧 이곳도 알아차릴 겁니다."

금협(金俠)이다.

남궁세가의 무인으로 무림에서 협의지사로 이름 높던 사내다. 그런 그가 명객의 끄나풀이라는 사실이 큰 충격을 주었을 정도로 금협은 훌륭한 인품으로 위명이 자자했던 자다.

금협이 걱정스레 말하자 모두가 고개를 끄덕였다.

다급히 추후의 일정을 논의하기 위해 이곳으로 모이긴 했으나 뾰족한 방법이 없다.

물론 혈왕과 명객들이 전면으로 나서 준다면 또 상황은 달라지겠지만 아쉽게도 이들에게는 그럴 능력이 없었다. 애초에 이곳에 모여 있는 이들은 혈왕의 존재에 대해서도 알지 못하는 자들이다.

명객이 어떠한 존재인지조차 알지 못하고, 그저 포섭되어 그들의 끄나풀 역할을 했던 자들이 대부분이다. 그런 이들에게 지금 상황을 해결할 방도가 있을 리가 만무했다.

음풍영이 답답한 듯이 물었다.

"혹 그 이후로 위에서 연락받은 것들 없으시오?"

그나마 믿을 것은 자신들에게 항시 명령을 내려오던 윗선이다. 하지만 이 일이 있고 나서는 단 한 번도 윗선에서 아무런 명령조차 내려오지 않았다.

혹시나 하고 물었지만 내실에 숨어 있는 그들은 모두 고개를 저었다.

스무 명 정도 되는 이들의 표정에 깊은 어둠이 깔렸다.

자신들이 따르던 그들의 도움 없이는 이 상황을 타개할 수 없음을 너무나 잘 알고 있다. 그랬기에 기다리고 있었지만……

금협이 입을 열었다.

"우리 이렇게 멍하니 기다리기보다는 저희가 먼저 연락을 취해 보는 게 어떻습니까?"

"연락을 취할 방도가 있습니까?"

"확실치는 않은데 일전에 몇 번 접선을 하며 정보를 주고받은 적이 있습니다. 그때 그 장소로 간다면 혹시 압니까?"

"가능성이 없지는 않겠군요."

내실 안에 있는 자들이 고개를 끄덕였다.

이대로 이곳에 숨어 있는 것이 얼마나 가능하겠는가. 무림맹의 정보망이라면 아마도 곧 이곳을 찾아낼 것이다.

금협의 말에서 한 줄기 희망이 보였는지 어둡던 얼굴에 그나마 화색들이 돌았다.

금협을 향해 사내 하나가 물었다.

"정해졌으면 바로 지금 출발하는 게 어떻소?"

"이런 늦은 밤에 움직이면 더 눈에 띌 것입니다."

상식적으로 어둠을 틈타 이동하는 게 나을지도 모른다. 그렇지만 금협은 거꾸로 생각했다. 가야 할 길이 제법 멀다. 그런 상황에서 당장에야 야음을 틈타 움직이는 것이 좋을지 모르나 그러다가 누군가의 눈에 띈다면 어쩌겠는가.

죽이는 것도 한계가 있다. 그리고 사람을 죽이게 되면 그것이 단서가 될지도 모른다.

그랬기에 금협은 오히려 대낮을 선택했다.

"차라리 내일 아침부터 한 시진 간격으로 출발하는 것이 어떻겠습니까? 두세 명씩 한 개 조로 하여 다른 길을 통해 목적지에서 모이는 겁니다."

"괜찮은 방법 같습니다."

음풍영이 고개를 끄덕였다.

그때 누군가가 물었다.

"그래서 목적지가 어딥니까?"

"그건 내일……."

말을 하던 금협이 갑자기 입을 닫았다.

낯선 목소리다. 동시에 방 안에 있던 모든 무인들이 그걸 느꼈는지 소리가 난 쪽을 향해 시선을 돌렸다.

내실 구석의 한 자리, 그것도 모두가 모여 앉아 있는 긴 탁자의 옆에 누군가가 함께 자리하고 있었다.

무척이나 젊은 사내였다.

모두의 안색이 굳어졌다. 대체 언제 이 내실 안으로 들어와 자신들과 동석하고 있었단 말인가.

누군가가 들어오는 기척조차 듣지 못했다.

심지어 그 사내에게 바로 옆자리를 내준 무당파의 도인은 너무나 놀라 숨조차 제대로 쉬기 힘들 정도였다. 자신의 바로 옆자리에까지 다가와 이야기를 듣고 있는 것을 여태 몰랐다는 것이 말이나 되겠는가.

　모두의 시선이 자신에게 쏠리자 사내가 웃음을 흘렸다. 그러고는 아깝다는 듯이 말했다.

　"대답까지 들었으면 재미있었을 텐데 아깝게 됐네."

　무당파 도인이 황급히 자리를 박차고 뒤로 물러섰다. 그리고 내실 안에 있는 다른 무인들 또한 마찬가지였다. 놀란 가슴을 부여잡으며 다급히 자신들의 병기를 꺼내어 들었다.

　모두가 자신을 향해 무기를 들이밀고 있거늘 자리에 앉아 있는 사내는 태연했다.

　사내가 내실 내부를 둘러보며 자리에서 일어났다.

　"도망치려면 조금 더 일찍 갔어야지. 운도 더럽게들 없군."

　"너, 넌 누구냐?"

　금협의 질문에 사내가 웃으며 답했다.

　"대홍련 련주 적월이다, 쥐새끼들아."

　"이익!"

　갑작스러운 외인의 등장.

　처음부터 갑작스레 나타난 상대를 보며 긴장했었다. 하지만 혹시나 하는 마음이 아예 없었다고 하면 거짓말일 게다. 자신들과 관계가 있는 그들이 혹여나 사람을 보낸 것이 아닐까 아주 잠깐이지만 기대를 품었었다. 하지만 그런 예상은 아예 빗나갔다.

상대는 자신들을 잡기 위해 맹주가 만든 단체인 대홍련이다. 그리고 더군다나 그런 대홍련의 수장이 직접 나타난 것이다.

망설일 틈이 없었다.

단번에 금협이 살초를 퍼부었다.

의자를 박차고 뛰어오른 그의 손끝에서 화려하면서도 치명적인 검공이 쏟아져 내렸다. 남궁세가가 자랑하는 검공 중 하나인 섬전십삼검뢰였다.

금협은 남궁세가에서 다섯 손가락 안에 드는 고수.

하지만 그것은 적월에게 아무런 의미조차 되지 못했다. 적월의 손이 원을 그렸다.

빙글.

날아드는 검을 슬쩍 피하며 움직인 손이 그대로 금협의 다리 부분을 치며 몸을 돌려 버렸다. 금협은 볼썽사납게 머리부터 바닥으로 떨어져 내렸다.

뻐억!

"크윽."

"잠깐 잠깐."

단번에 금협을 우스운 꼴로 만들어 버린 적월이 달려들려는 그들을 저지하며 하나씩 숫자를 파악했다. 정확하게 숫자를 센 적월이 입을 열었다.

"열여덟이라…… 나머지 놈들은 어디 있지?"

"미친 자식, 뭐라고 떠드는 거냐?"

"도망친 놈들이 오십 가까이 된다던데 생각보다 너무 적어서 말이야. 이런 거점이 여기 말고 또 있냐?"

"그걸 우리가 가르쳐 줄 거라 생각해? 그리고 감히 혼자서 이곳에 들어오다니 간이 부어도 단단히 부었구나."

복마제일검이라 불리는 중년의 사내가 검을 뽑아 들었다.

아무도 알아차리지 못할 정도로 은밀하게 방 안에 잠입한 자다.

겉모습만 본다면 자신의 적수가 될 거라는 생각은 들지 않는다. 하지만 방심해서는 안 된다. 적월에 대한 소문은 이미 모두가 들어 알고 있다.

쌍귀를 제압했고 맹주의 총애를 받는 신진 고수다. 어리지만 그 무위가 하늘을 울릴 정도라 소문이 자자한 사내가 바로 이자다.

하나 아무리 그렇다 한들 상대는 고작 하나다. 이 내실 안에 있는 자들은 이런 나이 어린 애송이에 대한 허황된 소문에 겁을 먹을 정도로 녹록한 인물들이 아니었다.

그들은 조용히 눈빛으로 서로 간에 간단한 대화를 나누었다.

이자가 대홍련의 련주라면 오히려 잘됐다. 이미 무림맹에서 자신들을 찾아냈다. 그리고 이곳에 대홍련의 련주 혼자서 왔을 리가 없다. 아마도 대홍련 소속의 무인들도 함께 왔으리라.

쉽사리 빠져나가지 못할 것은 자명할 터. 왜 혼자 모습을 드러냈는지 모르겠으나 이것은 오히려 자신들에게 좋은 기회다.

대홍련의 무인들이 들이닥치기 전에 상황을 끝내야 한다. 적월이라 불리는 대홍련의 련주는 오히려 자신들의 방패막이가 되어 줄 수 있다.

그들은 적월을 인질로 삼아 이곳을 빠져나갈 생각을 품은 것이다.

짧게 생각을 주고받은 그들이 점점 적월과의 거리를 좁히고 들어왔다. 적월은 그런 그들을 피해 한 걸음씩 뒤로 물러나며 말했다.

"무슨 생각들을 하는지 뻔히 보이는군. 날 인질로라도 잡을 생각인 건가?"

"그러게 멍청하니 혼자 들어오지 말았어야지."

"그냥 순순히 오라를 받으면 다치지 않고 무림맹까지 갈 수 있을 거야. 아, 이건 내가 해 주는 마지막 배려야."

투욱.

적월의 등이 벽에 닿았다.

이제는 더는 물러날 곳이 없다. 그 모습을 본 자들은 만면에 자신감 가득한 표정을 지어 보였다.

"쳐라!"

누군가가 외치자 여섯 명의 무인이 동시에 적월을 덮치고 들어왔다. 그 모습에 적월은 한숨을 푹 내쉬었다.

거리는 지척, 여섯 명의 무인들의 공격이 동시에 펼쳐졌다. 적월을 죽이지 않고 제압해야 하는 그들로서는 무기를 사용하지 않고 주먹과 발을 휘둘렀다.

획획.

여섯 명의 공격이 동시에 터져 나왔지만 그에 대응하는 적월의 움직임은 너무나 단순명료했다.

슬쩍슬쩍 고개를 움직이거나 손바닥으로 주먹을 쳐 낸다. 간단한 움직임이 다이거늘 그 누구의 공격도 적월에게 제대로 다가오지 못했다.

잠시 공격을 가볍게 흘리던 적월이 갑작스레 공격을 감행했다.

휘익.

손바닥을 쳐 냈던 손이 그대로 직선으로 날아들었다.

그 주먹에 명치를 가격당한 사내 하나가 뒤로 밀려났다.

계속되어지던 싸움이 일순 멈춘 그 순간이었다.

후우웅.

적월이 주먹을 휘둘렀다.

요력이 실린 일권이 사방으로 뻗어져 나가더니 이내 모든 것을 빨아들였다.

탁자고 의자고 할 것 없이 내실 안에 있는 모든 것이 균형을 잃고 끌려 들어간다. 그리고 그것은 사람이라 해서 다를 것이 없었다.

"어어?"

갑작스럽게 모든 것이 끌려간다 느끼는 바로 그 순간, 주변의 것들이 폭발했다.

퍼엉! 와장창!

폭음과 함께 창문과 방 안이 터져 나갔다.

부서진 창문틀을 통해 대홍련이 쫓고 있던 자들이 몸을 던지며 빠져나왔다. 하지만 그들의 상태는 그리 좋아 보이지 않았다.

그냥 뛰쳐나온 것이 아니다.

적월의 주먹에서 흘러나온 요력으로 끌려 들어갔던 몸으로 인해 반응이 늦을 수밖에 없었다.

그 탓에 적월의 요력에 휘말리며 잔부상들을 입으며 바깥으로 움직인 것이다. 간신히 바깥으로 뛰쳐나오긴 했으나 숨 한 번 제대로 고를 여유가 그들에게는 없었다.

재빠르게 뒤따라 나온 적월의 공격이 이어졌기 때문이다.

쒜엑!

공기를 가르는 파공음에 금협이 가장 먼저 반응했다. 그가 껑충 뛰며 다급히 검을 휘둘렀다. 검이 아슬아슬하게 적월의 귀를 스치고 지나가는 그 순간 주먹이 금협의 가슴에 틀어박혔다.

쩌엉!

"우웩!"

주먹이 닿는 그 순간 몸 안의 오장육부가 난동을 부린다. 허공에서 피를 뿜으며 금협이 그대로 나동그라졌다. 그가 힘겹게 몸을 일으켜 세웠다.

비틀거리고 있지만 그의 두 눈동자에는 짙은 살기가 어렸다.

금협뿐만이 아니다.

다른 이들 모두 살기등등한 표정으로 약속이라도 한 것처럼 동시에 무기를 꺼내어 들었다.

적월과 마주 선 그들의 몸 주변으로 서서히 기운이 몰려들었다. 무림에서 알아주는 고수들답게 그들의 검에는 검기가 아른거리기 시작했다.

그리고 그중에 두 번이나 연달아 적월에게 큰 수모를 당했던 금협의 검에서는 강기가 피어올랐다.

남궁세가의 제왕무적검강이다.

쏘아져 오른 빛무리가 주변을 밝게 빛나게 만든다.

금협의 검에서 피어오른 검강은 그 정도로 찬란한 위용을 자랑했다.

"호오."

검강까지 구사할 줄은 몰랐다는 듯이 적월이 가볍게 혀를 찼다. 하지만 그 모습에서 결코 긴장하거나 겁을 먹은 듯한 기색은 느껴지지 않았다.

적월은 그 대신 스윽 무리를 살펴보았다.

자신을 노려보는 그들을 보며 적월은 요란도를 향해 손을 내려트렸다.

'명객은 없는 것 같군.'

이들 중에 명객이 섞여 있는 것 같지는 않다.

상황이 여기까지 왔는데도 모습을 숨겨야 할 이유는 없다. 이들은 보통 인간들이다. 아무것도 모른 채 그저 이용만 당한…… 그러나 그렇다 해서 이들이 용서받을 수 있는 것은 아니다.

이들은 개개인의 욕심을 위해 결국 명객과 손을 잡은 자들이 아니던가.

적월이 요란도를 꺼내어 들었다.

'길게 끌 것도 없겠어.'

혹여나 이 무리에 명객이 있었다면 조금 길어졌겠지만 그것도 아니라면 굳이 이야기할 것도 없다.

"끝내지."

적월의 한마디에 주변을 둘러싸고 있던 무인들이 동시에 달려들었다. 아까는 집 안이었고 벽을 등지고 있어 덤벼들 수 있는 숫자가 제한적이었다.

그에 비해 지금은 뻥 뚫린 공터이다 보니 달려드는 입장에서는 한결 더 공격적으로 나설 수 있었다. 열일곱 명의 무기가 동시에 적월을 치고 들어온다.

그리고 바로 그 뒤를 따라 기다렸다는 듯이 금협도 움직였다.

강기가 그들의 뒤에서 은밀하니 다가오고 있다.

적월은 먼저 치고 들어오는 금협을 제외한 자들을 보며 요란도를 들어 올렸다.

"어딜……!"

그 외마디 고함 소리와 함께 적월은 높게 치켜들었던 요란도에 요력을 집중시켰다.

타는 듯한 불꽃이 일순 적월을 뒤덮었다.

그리고 그 기운이 어두운 밤하늘을 갈랐다.

요란도가 유성이 되어 떨어져 내렸다.

쿠웅!

땅이 진동했다. 그리고 동시에 커다란 압력이 달려들던 그들을 짓눌렀다. 날카로운 기운이 전신을 난자한다. 흡사 칼바람 속에 홀로 서 있는 것만 같다.

요란도에서 터져 나온 불꽃들이 그들 사이사이를 헤집고 다녔다.

그때였다.

버티고 서 있던 그들이 하나둘씩 피를 토하며 쓰러지기 시작했다. 그나마 검강을 만들어 낸 금협만이 억지로 버티고 있을 뿐이었다.

금협이 딱딱하게 굳은 표정으로 적월을 바라봤다.

그저 도를 내리쳤을 뿐이다. 그 단순한 움직임 이후 밀려드는 어마어마한 압력에 모두가 버텨 내지 못했다.

대체 이것이 무엇이란 말인가.

검을 내뻗으려 했는데 손이 움직이지 않는다.

무엇인가 다른 힘이 자신의 전신을 옭죄고 있는 듯한 느낌이다. 요력으로 모두를 제압해 버린 것이었지만 그런 것을 접해 본 적이 없는 금협으로서는 지금 이 상태를 이해할 수 있을 리 만무했다.

손가락 끝이 부들부들 떨린다.

검을 쥔 손에 힘이 빠지기 시작하더니 급기야는 생명 같은 무기를 놓쳐 버리고야 말았다.

땡강.

힘겹게 생명을 이어 가던 강기가 그대로 사라져 버렸다. 금협이 입술을 꽉 깨물었다.
　다가오는 적월을 보고 있자니 왈칵 겁이 치밀어 오른다.
　'이자는…… 내 상대가 아니야.'
　차원이 다르다.

　'이, 이럴 수가.'
　대홍련 일조 조장 맹획기의 입은 벌레가 들어갈 정도로 크게 벌려져 있었다. 물론 그런 상태로 서 있는 것은 맹획기뿐만이 아니었다.
　일조 조원 모두가 멍하니 선 채로 끝나 버린 전장을 바라만 보고 있을 뿐이다.
　이곳에 도착하기가 무섭게 적월이 갑자기 안으로 걸어 들어갔다. 그 모습에 기겁을 하고 따라 들어가려 했지만 그것을 설화가 막았다.
　잠시만 기다리라는 말과 함께.
　그리고 이내 이어진 폭발. 그 직후 건물 안에서 사람들이 뛰쳐나왔고 그 이후에는 자신들의 직접 눈으로 본 그대로였다.
　스무 명이 조금 안 되는 숫자의 그들은 정파에서 이름난 자들이다. 심지어 금협은 검강까지 구사하려 들었다. 문제는 그가 검강을 휘둘러 보지도 못하고 검을 떨구고야 말았다는 거다.

압도적이다.

그 누가 봐도 알 정도로 그들은 적월의 상대가 되지 못했다. 너무나 일방적이어서 안타까운 마음까지 들게 만들 정도로 적월은 강했다.

적월의 몸에서 풍겨져 나오는 기운은 자신이 아는 내공과는 무엇인가 조금 다른 느낌이었다.

하지만 아름다웠다.

하늘을 수놓는 불꽃들에 자신도 모르게 시선을 빼앗길 정도였으니까. 그러나 그 힘은 그저 아름답기만 한 것이 아니었던 모양이다. 마주하고 있던 모두가 피를 토하며 쓰러졌다.

독공?

아니다. 독이 퍼지는 그 어떠한 광경도 보지 못했다. 독공이었다면 맹획기 자신 또한 알아차렸을 게다. 저들은 그저 적월이 내뿜은 내력을 견뎌 내지 못하고 쓰러지는 것처럼만 보였다.

멍하니 끝나 버린 전장을 바라보고 있을 때였다.

적월이 소리쳤다.

"맹획기!"

"……아, 넵!"

뒤늦게나마 자신을 부른다는 걸 알아차린 그가 황급히 적월을 향해 다가갈 때였다. 적월이 가볍게 손가락으로 뒤편을 가리키며 말했다.

"정리."

"알겠습니다. 바로 포박하겠습니다."

"포박하는 대로 기루로 돌아갔다가 내일 바로 무림맹으로 돌아간다. 전달해. 이상."

적월의 반말에도 맹획기는 그저 고개만 끄덕였다. 처음엔 명령을 내릴 때 반말을 쓴다는 말에 내심 불쾌했다. 제아무리 상관이라 해도 자기가 무림의 선배가 아닌가.

하지만 그런 맹획기의 불만은 거짓말처럼 사라졌다.

적월의 명을 수하들에게 전달하고 있는 자신을 알아차린 맹획기가 잠시 자리에 멈칫하고 섰다. 그러고는 적월이 사라진 쪽을 바라보며 중얼거렸다.

"진짜 물건인데……."

단 한 번의 휘두름.

하지만 그 한 번의 휘두름 이후 펼쳐졌던 절경에 맹획기는 적월에게 매료되어 버렸다.

第五章
반격

가만히 당할 수는 없지

　혈왕의 거처에 천주와 인주가 모여 있었다.
　일 년에 몇 차례 보지 않았던 사이였거늘 최근 들어 만남이 잦아졌다. 그만큼 지금 상황이 급박하게 돌아가고 있다는 것이다.
　지금 명객들의 사정은 무척이나 복잡했다.
　천주와 인주는 가장 먼저 적월과 설화의 일을 처리하기 위해 계획을 진행 중이었다. 그것만으로도 머리가 복잡한데 이번에는 무림맹이 나섰다.
　아래에 있는 명객들이 계속해서 추후의 일에 대해 물어 오자 어쩔 수 없이 이렇게 혈왕을 찾아온 것이다.

무릎을 꿇고 있는 그들을 바라보고 있는 혈왕은 지금 같이 위급한 상황이 벌어졌음에도 불구하고 심드렁해 보였다. 그가 입을 열었다.

"무림맹이 우리를 치고 있다고?"

"예. 그리고 무림맹에서 연락을 받은 마교의 동태 또한 심상치 않아요."

무림맹 맹주 우금명은 대홍련의 발족과 동시에 마교에도 서신을 보내 이 같은 사실을 알렸다. 물론 그렇다고 마교가 무조건 움직일 거라고는 생각지 않는다. 다만 이 같은 일에 대해 추후에라도 대비를 하라는 의도였다.

하나 마교 또한 내부에 명객의 존재에 대해 알려지며 무척이나 들끓고 있다는 소식이다. 이 상태대로라면 그들 또한 무림맹과 마찬가지로 명객을 찾기 위해 칼을 뽑아 들 게다.

명객들이 점점 설자리를 잃어 가는데도 혈왕은 큰 반응을 보이지 않는다. 그것이 인주는 무척이나 답답했다.

"무림맹을 이끌고 우리에게 칼을 들이민 놈이 다름 아닌 지옥왕이에요. 그자라면 우리에 대해 잘 아니 이대로 두었다가는 명객들이 위험해요. 더 당하기 전에 손을 쓰시는 게……."

"귀찮게 하는군."

혈왕이 입술을 깨물었다.

조금만 더 있으면 지혈석의 힘이 자신의 손에 들어온다. 그리고 또 하나의 물건, 염라경의 복구만 완성된다면······.

솔직히 말해 혈왕에게 명객들의 생사 따위는 중요치 않다. 그들은 그저 자신에게 필요한 것들을 얻기 위해 만들어 낸 존재들에 불과했다.

지혈석과 염라경만 얻게 되면 그 이후에는 어찌 돼도 상관없는 존재들. 물론 이 같은 사실을 인주는 모르고 있었다.

혈왕이 차분히 생각에 잠겼다.

곧 필요 없는 패가 될지는 모르나······ 당장엔 명객의 힘이 필요한 것이 사실이다. 적월을 죽여야 하고, 지혈석을 먹은 설화를 데려와야 한다.

그 일들을 할 자들이 바로 명객이다.

인주의 말대로 더 두고 본다면 혈왕이 원하고 있는 그 일의 완수가 힘들어진다.

그리고 혈왕은 그것만큼은 결코 참을 수 없었다.

"천주."

나지막한 부름에 천주가 가슴팍으로 손을 가져다 대며 고개를 숙였다. 그런 그를 향해 혈왕이 명을 내렸다.

"당하고 있을 수만은 없지. 천사단(天死團)을 투입해."

천사단은 천주 휘하에 있는 직속 단체다.

열 명으로 이루어진 살귀들.

상황을 관망만 하고 있던 혈왕이 마침내 칼을 뽑아 든 것이다.

인주가 천사단을 움직인다는 말에 얼굴에 화색을 띠며 물었다.

"어디를 칠까요?"

"글쎄."

단 열 명이지만 그들의 힘은 명객 중에서도 손에 꼽힐 정도로 뛰어난 자들이다. 단 열 명에 불과하지만 그 어느 문파라도 반 시진 안에 멸문시킬 정도의 힘을 지니고 있다.

혈왕이 나지막이 말했다.

"지도."

말을 듣는 즉시 천주가 자리에서 일어나 커다란 지도 한 장을 가져와 그의 앞에 펼쳐 보였다. 혈왕의 시선이 지도 위를 빠르게 훑고 지나갔다.

쇠사슬에 묶인 손을 앞으로 잡아당기며 손가락이 천천히 움직였다.

단 한 번 손가락으로 가리키는 것만으로 수천의 사람이 죽을지 모른다.

그리고 그만한 힘을 지닌 손가락이 이내 지도 위에 있는 한 곳에 이르러 멈추어 섰다.

손가락 끝에 커다란 글씨가 적혀 있었다.

점창파(點蒼派).

혈왕이 입을 열었다.

"이왕 건드릴 거라면 구파일방의 하나를 부숴."

"정말 그래도 될까요?"

"물론."

인주가 생각보다 과감한 결단을 내리는 혈왕을 놀라운 눈으로 바라보고 있었다. 천사단의 힘을 믿지 못해서가 아니다. 그들이라면 구파일방이라 해도 전혀 문제 될 것이 없다.

다만 여태까지 음지에 숨어 활동하던 자신들이다.

그 힘만으로는 천하 무림을 뒤흔들어도 이상할 것이 없다. 그럼에도 불구하고 전면에 나서지 않고 뒤에 숨어서 이들을 다 조종했던 것은 이유가 있다.

바로 명부 때문이다.

명부가 있는 이상 함부로 전면에 모습을 드러내서는 안 된다는 혈왕의 말 때문에 참아 왔다. 하지만 점창파를 친다는 것에서 여태까지와는 다른 행보를 가겠다는 혈왕의 속내가 비쳤다.

혈왕이 말을 이었다.

"우선 놈들을 움츠러들게 하기 위해 점창파를 치긴 하지만 잊지들 마라. 우리의 가장 중요한 목표는 바로 지혈석이라는 걸."

"기억하겠습니다."

"좋아, 가라."

"옙, 바로 천사단을 움직이겠습니다."

천주가 그대로 명령을 전달하기 위해 사라졌다.

무림맹의 대홍련에 대한 대답으로 혈왕은 천사단을 움직였다.

* * *

운남성 점창산.

무척이나 산세가 험하고 웅장한 점창산은 열아홉 개에 달하는 봉우리를 지닌 명산 중 하나였다.

산이 워낙 높은 탓에 정상에는 만년설이라 불리는 눈이 녹을 줄 몰랐고 나무 또한 우거져 그 아름다움과 풍취가 더해지니 그 모습은 이루 말로 형용할 수 없을 정도였다.

그런 점창산의 한 자락에 위치한 점창파는 아주 오래전부터 구파일방의 한 자리를 차지하는 명문 정파였다. 쾌검인 사일검법을 비롯해 표홀한 무공으로 이름 높다.

그런 점창파의 입구로 열 명의 사내들이 모습을 드러냈다. 늦은 야음, 거기다가 수상해 보이는 옷차림은 입구를 지키는 점창 무인들의 긴장감을 돋게 했다.

점창파를 지키는 수문위사들이 그들의 앞을 막아섰다. 수문위사들과 마주 선 사내들 중 하나가 먼저 입을 열었다.
"여기가 점창인가?"
"누구냐! 신분을 밝혀라!"
수문위사의 외침, 하지만 사내들은 그 같은 질문에 답할 생각은 없었다.
혈왕의 명을 받고 이곳 점창을 지우러 온 천사단이다. 더는 이들과 나눌 이야기도 없다.
"맞나 보군."
그 한마디가 끝나는 순간이었다.
툭.
선두에 서 있던 수문위사의 목이 갑자기 떨어져 내렸다. 그리고 그 모습을 본 순간 다른 무인들의 안색이 굳어졌다.
대체 언제……!
검이 뽑히는 것조차 보지 못했다. 그런데 선두에 서 있던 자신들의 조장이 죽었다. 쾌검을 자랑하는 점창의 무인들조차 눈으로 좇지 못한 속도다.
그때였다.
천사단이 앞을 막아서고 있는 수문위사들을 무시하는 듯이 걸음걸이를 옮겼다.
조장의 갑작스러운 죽음에 놀라긴 했지만 이들은 점창의

무인들이다. 그들 중 한 명이 말했다.
"이곳은 점창이다! 우리를 죽여야 이곳을 지나갈 수 있을 것이다!"
무인다운 외침. 하지만 천사단원들이 피식하고 웃음을 흘렸다. 그 웃음이 무척이나 기분 나빴지만, 한편으로는 섬뜩함이 밀려든다.
그리고 그때 천사단 중 처음 입을 열었던 그자가 말을 이어 나갔다.
"모르나 본데…… 너, 아니, 너희들 모두 이미 죽었어."
"뭐?"
그리고 그때 천사단의 십 인 중 한 명이 발로 땅을 밟았다.
쿠웅.
조그마한 진동. 그리고 그때였다.
'어어?'
왜일까? 순간 자신의 시선이 이상하게 돌아가며 보여선 안 될 것이 보였다. 그건 다름 아닌 자신의 발이었다.
투두둑.
서 있던 다섯 명의 수문위사들이 동시에 쓰러졌다.
그것도 하나같이 목이 잘린 채로.
너무나 빠르고 정교하게 벤 탓에 목이 잘린 상태로 멀쩡하니 서 있었던 것이다. 그리고 그 상태에서 살짝 땅을 흔들리게 하자 그제야 목이 몸에서 떨어져 내린 것이고.

목을 베었는데도 아주 잠시지만 살아 있고, 그것조차 모르게 할 정도의 괴물들.

그것이 바로 천사단이다.

때엥! 때엥! 때엥!

수문 위에서 이 같은 상황을 보고 있던 점창파의 무인이 황급히 종을 울렸다.

다급함을 알리는 종소리가 세 번 울렸다.

천사단의 단주인 반철룡(班鐵龍)이 수문 위에 서 있는 자를 힐끔 올려다보았다. 그 순간 옆에 있던 천사단의 수하 하나가 껑충 뛰어올랐다.

무려 십여 장을 아무렇지 않게 솟구친 그가 바로 위에서 떨어져 내렸다.

파악!

허리춤에 걸려 있던 도가 뽑여져 나왔다.

그리고 그 순간 커다란 망루가 반으로 쪼개졌다. 그 안에 있던 종과, 무인과 함께.

콰르릉.

땅에 내려선 그가 휘파람을 불며 옷을 털었다.

"휘유. 먼지 봐라."

"앞장서라."

"예, 단주님."

도를 휘둘렀던 사내가 선두에 선 채로 점창파 안으로 들어섰다.

울려 퍼진 세 번의 종소리 때문인지 점창파에서는 확연하게 느껴질 정도로 소란이 일었다. 분주하게 무인들이 쏟아져 나오고 있다.

그 숫자가 제법 되었지만 천사단은 전혀 긴장하지 않았다. 오히려 오랜만에 제대로 된 살육전을 펼치게 되었다는 사실에 쾌감이 전신에 밀려든다.

반철룡이 손바닥을 치며 명령을 내렸다.

"시작해."

"좋았어!"

누군가가 좋다는 듯이 외치며 등 뒤에 찬 창 한 자루를 꼬나 쥐고는 그대로 점창파 무인들 중앙으로 날아들었다.

그 모습을 누가 봤다면 미쳤다고 생각할지도 모르겠다. 오히려 적진 한가운데로 뛰어들다니, 그것은 스스로가 불리한 전장으로 가는 것만 같아 보였다.

사방이 적에 둘러싸이니 위험한 것은 당연했다.

하지만 그런 생각은 곧바로 사라졌다.

부웅!

휘둘러지는 창끝에 여러 사람의 목이 동시에 떨어져 나간다. 커다랗게 원을 그리는 그 안에서 점창파 무인들은 마치 허수아비처럼 목이 잘려져 나갔다.

휘두르기, 그리고 찌르기…….

눈 몇 번 깜짝할 사이에 점창파 무인 십수 명이 죽어 나자빠진다.

"혼자 재미 보기냐?"

다른 천사단 명객이 그 말과 함께 전방에 있는 자들을 향해 쌍장을 휘둘렀다.

성난 파도처럼 밀려드는 장력이 그들을 휩쓸었다.

퍼엉!

"크악!"

사지들이 터져 나가며 일장에 무인들이 나동그라진다. 먼저 모습을 드러낸 점창파 무인들이 황급히 대열을 짜기 위해 물러서기 시작했다.

그리고 그때를 맞춰 뒤편에서는 고수들로 보이는 자들 또한 속속들이 모습을 드러냈다.

점창파의 노고수 하나가 다급히 선두로 날아올랐다.

파라락!

허공을 가르는 발길질에 점창파 무인 하나의 목을 찌르고 들어가던 명객이 뒷걸음질 쳤다.

창의 뒷부분으로 발길질을 막아 낸 명객이 씩 웃었다.

"조무래기만 상대하느라 시시했는데 이제야 좀 할 만한 놈이 나타났네."

"네놈들은 누구냐. 감히 이곳이 어디인 줄 알고 이런……!"

"어디긴 어디야, 점창이지. 우리가 그것도 모르고 왔을 것 같아, 영감?"

창을 쓰는 명객이 히죽 웃었다.

상대의 모습을 슬쩍 살피던 그가 입을 열었다.

"한 자는 족히 될 법한 긴 수염, 그리고 부리부리한 눈에 각법, 하지만 무엇보다 눈에 띄는 등 뒤의 긴 창을 보아하니…… 영감이 이화신창(梨花神創)이야?"

검법과 신법으로 유명한 점창파의 몇 안 되는 창의 고수.

그가 바로 이화신창이다.

마찬가지로 창을 쓰는 상대를 만나서인지 그의 얼굴은 신나 보였다.

"잘됐네. 이화신창이라면 한번 붙어 보고 싶었는데 말이야. 뭐, 그래 봤자 십초지적이겠지만."

"뭐, 뭣이 어째? 십초지적?"

자신에게 서슴없이 모욕적인 언사를 내뱉는 상대를 보며 이화신창의 표정이 딱딱하니 굳었다.

새파란 애송이 같은 모습. 하지만 그 무위는 방금 보았다시피 보통은 아니다. 하지만 그렇다 한들 자신을 십초지적이라 부르다니.

이화신창이 바로 창을 꺼내 들었다.

점창파에 칼을 들이민 이들을 애초부터 용서할 생각은 없었지만 그 마음이 일순 더욱 커졌다.

이화신창이 빠르게 찌르고 들어갔다.

점창의 신법과 연계된 그의 창술은 무척이나 빠르고 정교했다.

파악!

빠르게 창이 상대의 가슴을 관통했다. 아니, 그랬어야만 했다.

창은 애꿎은 허공만 갈랐다.

"허엇!"

그 순간 창이 날아들었다.

파앙!

창이 밀려 나갔고, 바로 그 순간 비어 버린 가슴으로 상대의 창이 노리고 들어왔다. 다급히 손바닥으로 창날을 옆으로 밀어내려 들었지만 그 힘이 너무나 거대했다.

펑!

충격음과 함께 이화신창이 뒤로 날아가 처박혔다.

그의 멋들어진 수염은 단번에 토해 버린 붉은 피로 엉망이 되어 버렸다. 그런 이화신창의 모습을 보고 사내가 비웃음을 보이며 말했다.

"겨우 이 정도로 신창이라는 거야? 시시하구만."

사내의 조롱에도 이화신창은 아무런 대꾸도 할 수 없었다. 연신 터져 나오는 피가 그에게 아무런 말도 하지 못하게 만들어 버린 것이다.

"컥컥."

알아주는 고수인 이화신창이 새파래 보이는 사내에게 유린당하자 점창파 무인들의 안색이 굳어졌다.

실질적인 나이만 치자면 명객인 사내는 이화신창보다 수십 살은 많은 인물이었다. 물론 그 같은 사실이 지금 중요하지 않았지만 말이다.

이화신창이 창으로 몸을 지탱하면서 자리에서 일어났다. 피에 젖은 수염이 부르르 떨렸다. 전신에 분노가 치밀어 오른다. 하지만 이화신창은 알고 있다.

저자는 자신의 상대가 아니다.

그 행동이 무척이나 가볍고 까불거리나, 그렇다 해서 무공까지 그런 것은 아니다. 하는 행동과 달리 창법에는 무게가 있으며 또 강렬하다.

하나 믿을 수 없었다.

대체 저자들이 누구기에 단 십 인으로 이곳 점창파를 치러 온단 말인가. 그리고 그때 벼락처럼 머리를 스치고 지나가는 것이 있었으니. 그건 다름 아닌 최근 무림을 시끄럽게 만드는 일련의 사태들이었다.

"명객?"

"알아차렸네. 그나저나 대홍련이라는 새끼들이 얼마나 들쑤시고 다녔으면 이제 중원에서 우리를 모르는 놈이 없어?"

얼마 전까지만 해도 완벽히 감춰져 있던 자신들이다. 하지만 이제는 아니다. 명객의 존재에 대해 중원의 많은 이들이 알고 있다.

이화신창은 자신의 생각이 틀리지 않았음을 확신하고는 다시금 전신을 떨었다. 이런 괴이한 자들에게 점창파가 위협받고 있다는 사실에 분이 치밀어서다.

그리고 그때였다.

정문으로 몰려들었던 점창의 무인들 사이에서 커다란 기운을 뿜어내는 자들이 모습을 드러냈다. 여섯 명의 노고수들, 그리고 그런 노고수들 중 가장 앞에 선 인물이 다름 아닌 우내이십삼성의 하나이자 점창파의 장문인 개산검협(開山劍俠) 단우공(段宇空)이었다. 그리고 나머지 다섯 노인은 점창오협이다.

단우공의 등장에 점창파 무인들은 반으로 갈라지며 길을 텄다. 그 덕분에 단우공은 곧바로 천사단과 조우할 수 있었다.

단우공이 모습을 드러내자 여태까지 뒤에서 사태를 관망만 하고 있던 천사단 단주 반철룡 또한 앞으로 나섰다. 차갑고 냉정한 표정의 그는 단우공에 비해 머리통 하나는 컸다.

둘의 거리는 지척. 반철룡이 단우공을 내려다볼 때였다.

"이화신창이 하는 말을 들었는데, 명객이라고?"

"그래."

"명객이 우리 점창파에 온 이유가 뭐지?"

"큭, 굳이 들어야 아나?"

오자마자 점창파의 문을 부수고 소속된 무인들을 도륙했다. 이런 와중에 온 이유를 묻다니 이 얼마나 우스운가.

스르릉.

반철룡이 도를 꺼내어 들었다.

눈앞에 있는 바로 이자 단우공을 죽여야 한다. 점창파의 최고 고수고 정신적 지주인 인물이다. 이자를 죽인다면 이 싸움은 쉬워진다.

반철룡과 마주 선 단우공 또한 검을 뽑았다.

순식간에 주변에 적막이 감돌았다.

고수 대 고수의 싸움이다. 둘을 제하고는 그 누구도 무기를 휘두르지 않았고, 침묵만으로 두 사람의 싸움을 관망할 뿐이다.

단우공이 냉랭한 목소리로 말했다.

"죽기 전에 할 말은?"

"꼴값 떠네."

그때였다.

단우공의 손에 들려 있던 검이 수십 개로 나눠지며 반철룡을 뒤덮어 갔다. 점창파 최고의 절기, 사일검법(射日劍法)이다.

그 빠르기는 빛과도 같고, 강맹함은 태산이로다.

예측불허에 가까운 공격에 당황도 할 법하련만 사일검법과 마주 선 반철룡은 고개를 뒤로 젖히며 그대로 도를 휘둘렀다.

파앙!

하지만 공격은 끝나지 않았다.

검이 꼬리를 물듯이 반철룡의 움직임을 따라 움직였다. 발을 앞으로 내디디며 단우공은 검을 쭉 찔러 들어갔다. 그러자 날아들어 오는 검날을 향해 반철룡이 도의 손잡이 부분을 가져다 댔다.

반철룡은 손잡이로 막아 내는 것과 동시에 기기묘묘한 움직임을 보이며 그대로 검날을 아래로 회전시켜 버렸다.

비어 버린 가슴으로 반철룡의 주먹이 날아들었다.

파악.

주먹이 가슴에 닿기 전 단우공이 슬쩍 뒤로 거리를 벌리며 그대로 손바닥으로 주먹을 잡아챘다.

"호오."

쩌엉!

감탄과 함께 터져 나온 내력에 단우공의 몸이 반대편으로 밀려 나갔다. 어지럽게 발을 놀리며 간신히 움직임을 멈춘 단우공이 놀란 눈으로 반철룡을 바라봤다.

손바닥이 찢어질 것같이 화끈거린다. 직접 느꼈음에도 불구하고 믿을 수 없는 내력이다. 자신을 훨씬 웃도는 어마어마한 내력을 지녔다.

명객이라는 존재에 대해 제대로 알게 된 건 불과 보름 정도밖에 되지 않는다. 그런 자들이 있다는 사실이 놀랍기는 했으나 그렇다고 해도 이 같은 일은 상상도 해 본 적이 없다.

우내이십삼성이라는 자부심이 있었다.

그런 자신이라면 명객이라 해도 위협이 되지 않을 거라 생각했다.

한데 아니다.

단순하게 몇 번 손을 나누어 본 것뿐인데 상대는 결코 약하지 않다.

문득 궁금해졌다.

"네놈이 명객 중에서 어느 정도나 되느냐?"

"……?"

"서열을 묻는 것이다. 네놈이 개중에서 어느 정도나 되냐고."

"칠팔 위 정도?"

대답을 듣는 순간 단우공은 답답해졌다.

적어도 세 손가락 안에 드는 고수일 거라 내심 짐작했다. 한데 상대의 서열은 생각보다 낮았다. 저자보다 강한 자들이 그리 많다는 말에 단우공은 쉬이 입이 떨어지지 않았다.

하지만 이내 단우공은 마음을 다잡았다.

상대가 생각보다 고수라는 건 사실이지만 싸움은 내력이 전부가 아니다.

후우웅.

내력을 불어 넣자 검이 살아 있는 것처럼 소리를 뿜어 댔다. 그렇게 점점 몰려들기 시작한 기운이 하나의 빛으로 변했으니 그것이 바로 검강이다.

검강을 일으킨 채로 단우공은 검을 비스듬히 들어 올렸다.

이번에도 바꿀 생각은 없다.

점창 최고의 비전무공인 사일검법으로 상대한다. 극쾌에 검강을 담아 그 위력을 배가시켜 상대를 단 번에 무너트리려는 속셈이다.

그 모습을 보고 있던 반철룡이 갑자기 이상한 행동을 취하기 시작했다.

옆에 있는 수하를 향해 자신의 도를 던지고는 검을 건네받았다. 그러고는 슬쩍 검을 휘둘러 보더니 이내 입을 열었다.

"이렇게 쓰는 거였나?"

휘익, 휙!

갑자기 검이 허공을 가른다. 그것이 단우공 자신을 노린 것이 아니었음에도 불구하고 그는 까무러칠 듯이 놀라야만 했다.

그건 다름 아닌 반철룡이 펼친 검법 때문이다.

단 한 번 허공을 갈랐다. 하지만 그 안에 담긴 묘리가 너무나 익숙하다. 그것은 다름 아닌 점창파의 사일검법이었다.

"네, 네놈이 어찌 사일검법을……."

"오래전에 배워 두긴 했는데 검법이라 별 관심이 없어서 말이야. 하지만 죽을 때 자신이 속한 문파의 검술로 죽는다면 그게 더 재미있겠지?"

말을 마친 반철룡이 기수식을 취했다.

마주 선 두 명의 자세가 흡사 거울로 비춘 것처럼 똑같다.

사일검법이다.

그런 반철룡의 행동에 단우공의 화는 머리끝까지 치밀었다.

"감히……!"

놈의 행동은 점창파를 욕하고 있었고, 또 자신을 얕보고 있었다. 주 무기도 아닌 검으로, 그것도 다름 아닌 점창의 무공으로 자신을 죽이겠다고 하고 있다.

'좋다. 어디 한번 해보자.'

단우공이 검을 쥔 손에 더욱 힘을 불어 넣었다.

그런 감정 때문인지 불타고 있던 검강이 더욱 그 크기를 더했다.

반대편에 선 반철룡은 묵묵히 상대를 응시하고 있었다. 서로가 서로를 바라보는 눈동자에서는 반드시 죽이겠다는 살의만이 가득했다.

반철룡의 검에도 검강이 맺혔고 둘은 그렇게 서로를 마주보고만 있었다.

섣불리 움직일 수 없다.

이번 공격에 얼마나 많은 파괴력이 담겼는지 둘 모두 알고 있었기 때문이다.

그리고 그때 단우공이 움직였다.

번쩍.

발검하며 날아드는 검. 그리고 그에 맞춰서 거의 동시에 반철룡 또한 검을 내뻗었다. 강기가 둘러싸인 검이 그대로 상대방을 향해 움직였다.

둘의 몸이 서로 스치듯이 지나갔다.

그리고 그 충격은 그저 둘에게서 그치지 않았다.

서로의 검에서 뿜어져 나온 강기가 그대로 상대방의 반대편으로 날아들었다.

쿠아앙!

명객들은 재빠르게 자리를 피했지만 점창파 무인들은 달랐다. 그들 또한 다급히 움직이기는 했으나 한곳에 너무 많이 뭉쳐 있기도 했고 반철룡의 검강을 피할 정도로 무공이 뛰어나지도 않았다.

그 탓에 수십의 점창파 무인들이 검강에 휩쓸려 그대로 갈가리 찢어져 죽어야만 했다.

명객들 또한 아슬아슬하게 공격을 피해 냈을 때였다.

스치듯이 지나친 두 사람.

승패는 이미 갈렸다.

푸슈욱.

피가 분수처럼 터져 오르며 그대로 단우공의 목이 떨어져 나갔다.

반철룡은 수하에게 손에 쥐고 있던 검을 휙 하니 던지고는 한 손을 목 부분에 가져다 대더니 이내 손가락 끝을 확인했다.

진득한 피가 손가락에 묻어 흘러내리고 있었다.

한 치만 더 깊었다면 반철룡 또한 죽었을 게다.

하지만 그것이 차이였다.

고작 한 치라 여길지 모르지만 그것이 바로 고수들의 싸움에서는 생과 사를 가를 정도의 큰 차이다.

반철룡은 소매로 목을 닦아 내며 중얼거렸다.

"꼴에 우내이십삼성이라 이건가."

조그마한 부상을 입었을 뿐이거늘 그것조차 마음에 들지 않는다는 듯이 반철룡이 수하들을 힐끔 쳐다보며 불만 섞인 어조로 말했다.

"뭣들 해? 정리들 안 하고."

"알겠습니다, 단주님."

도를 건네받은 반철룡이 팔짱을 낀 채로 두 눈을 지그시 감았다. 그러고는 다시금 입을 열었다.

"싹 죽여. 어린애고 여자고 할 것 없이 모두. 아, 딱 한 명만 남겨 두고."

* * *

피비린내 나는 살육이 끝났다.

그리고 그 살육이 끝난 후 점창파 내부에서 서 있는 자들의 숫자는 열 명, 천사단뿐이었다.

단주 반철룡의 명대로 그들은 점창파에 있는 모든 것을 죽였다. 갓난아이고 뭐고 할 것 없이 그들은 닥치는 모든 것들을 베어 넘겼다.

무공을 모르는 것 같은 건 중요하지 않았다.

아니, 오히려 그런 자들일수록 더더욱 살려 줄 생각이 없었다.

이들의 목적은 애초부터 무림에 엄청난 공포와 경각심을 주고자 하는 것이었으니까. 단 반 시진 만에 점창파에서 숨 쉬고 있던 모든 자들이 죽었다.

단 한 명만을 제외하고.

커다란 부상을 입은 탓에 쓰러져 있긴 했지만 분명히 숨이 붙어 있다. 바닥에 널브러져 있는 그를 바라보며 천사단의 단원 중 하나가 히죽 웃었다.

"운이 좋네. 수백 명 중에 딱 한 명만 살리라고 하셨는데 그게 네가 된 거잖아?"

말을 하면서 그는 쓰러진 점창파 무인의 가슴을 발로 짓밟았다. 그러자 사내는 고통스러운 신음을 토해 냈다.

"크으윽."

"어이, 그만둬. 그러다가 죽으면 어쩌려고 그래."

"뭔가 딱 하나만 살리니 더 죽이고 싶은 걸 어떻게 해?"

"미친 자식."

대화를 하는 천사단의 단원들은 서로를 보며 히죽거리며 웃어 댔다. 이렇게 단 하나를 살려 둔 이유는 간단했다.

다름 아닌 오늘의 일을 무림에 알릴 사람이 있어야 하니까. 그것에 이자는 운 좋게 당첨된 것이다. 물론 장기가 터져 나왔을 정도의 부상을 입었으니 과연 살지는 의문이지만.

중요한 것은 그저 오늘 이곳에서 있었던 일을 알리는 것이다. 조금 있으면 해가 뜰 것이고, 그러면 점창파에도 외부에서 사람들이 오고 갈 게다. 아마 두어 시진 안으로 이자는 발견될 게 분명하다.

그때까지만 살아 있다면 족하다.

잠시 주변을 둘러보러 갔던 반철룡이 돌아왔다.

"확인들 했느냐?"

"예. 숨어 있는 어린아이까지 찾아서 전부 죽였습니다."

"좋아, 그럼 간다."

말을 마친 반철룡이 몸을 돌려 점창파에서 빠져나갈 때였다. 뒤편에서 따르는 수하 중 하나가 물었다.

"단주님, 이제 저희가 할 일은 끝난 겁니까?"

반철룡이 몸을 멈췄다.

그러고는 자신에게 질문을 한 수하를 바라보며 천천히 입을 열었다.

"아니. 숨어서 다음 명령을 기다린다."

천사단의 임무는 끝나지 않았다.

천사단이 점창파를 찾아온 그날, 점창산의 만년설이 피로 인해 붉게 물들었다.

第六章
선택

때가 되어 가는군

무림맹에 날아든 한 통의 비보.

그건 다름 아닌 점창파의 멸문에 관련된 것이었다. 무림 역사상 전무후무한 일이 벌어지고야 말았다.

단 하룻밤 만에 구파일방의 하나인 점창파가 멸문지화를 당했다.

그것은 무림맹뿐만이 아니라 마교, 나아가 전 중원을 들썩이게 할 정도로 커다란 사건이었다.

유일하게 생존한 점창파의 무인에게서 전해 들은 이야기는 참혹했다.

고작 열 명의 무인들에게 점창파가 무너졌다. 그들은 어린아이라 해서 사정을 두지 않았고, 오히려 모두가 보는 앞에서 갈가리 찢어발겼다고 하니 그 패악스러움은 이루 말하기 어려울 지경이다.

유일한 생존자였던 점창파의 무인 또한 장기가 터져 나왔을 정도의 큰 부상을 입은 탓에 의원이 도착도 하기 전에 숨을 거뒀다.

이런 끔찍한 사건이 벌어지자 그동안 명객이라는 존재에 대해 반신반의하던 자들 또한 이들의 존재를 믿을 수밖에 없게 되었다.

명객이라는 자들이 이처럼 끔찍한 일을 벌인 이유는 누구라도 알 수 있었다.

다름 아닌 경고다.

명객을 건드리고 있는 무림맹에 대해 그들 나름의 방식으로 앙갚음을 한 것이리라.

그런 명객의 행태에 정파 무림은 분노했다.

당장이라도 놈들을 색출하여 복수를 해야 한다는 목소리는 높아져 갔지만 그건 불가능한 일이다. 아쉽게도 지금 명객의 본거지에 대해 알려진 바가 전혀 없는 탓이다.

그리고 분노와 함께 고개를 치민 다른 감정이 있었으니, 그건 다름 아닌 공포였다.

점창파를 이토록 쉽게 지워 버릴 정도의 힘을 지닌 자들이다. 그 말은 곧 다른 문파도 그들이 마음만 먹는다면 목숨을 부지하기 어렵다는 뜻이기도 하다.

지금 당장에야 점창파의 일로 분노하며 그들에 대해 전의를 불태우고 있지만 만약 거기서 끝이 아니라면 어떨까?

점창파 이후에도 하나둘씩 문파들을 부숴 버린다면 아마 앞장서서 타도를 외치던 이들 또한 입을 막고 명객의 무자비한 학살이 자신들을 피해 가길 눈치나 보는 신세가 될지도 모른다.

매일매일 회의가 이루어졌지만 딱히 무슨 해결책이 나오는 것은 아니었다. 오늘도 무림맹 수뇌부 회의에 대홍련 련주라는 직책으로 다녀온 적월은 지친 얼굴로 자신의 방으로 돌아왔다.

그러자 방 안에는 미리 연락을 받고 기다리고 있던 몽우가 있었다.

대홍련과 함께 무림맹을 떠났던 적월이다. 며칠 전에 무림맹에 돌아왔지만 몽우는 개인적인 용무로 자리를 비웠었고, 마침 오늘 돌아왔다는 연락을 받았다.

그리고 기다리고 있던 몽우가 돌아왔다는 말에 적월은 방에서 보자고 연락을 취했던 것이다.

몽우가 반갑게 손을 들며 적월을 맞이했다.

"오랜만."

웃으며 말하는 몽우를 보며 적월이 입을 열었다.

"오래 기다렸나?"

"아니, 얼마 안 됐어. 그나저나 무슨 일 있어? 이 밤에 날 부르고 말이야."

적월이 피곤한지 침상에 걸터앉으며 몽우의 말에 대답했다.

"이번 일 때문에 물어볼 게 좀 있어서."

"무슨 일? 점창파?"

"어. 자세히 설명 안 해 줘도 너도 대충 알지?"

"물론이지. 그 일을 모르는 사람도 있나."

무림맹 바깥에 있다가 돌아온 몽우였지만 점창파 일을 모를 리가 없다. 지금 온 중원이 그걸로 시끄러운데 어찌 모르겠는가.

"누구 소행이야?"

"흐음. 열 명이라고 들었는데, 맞아?"

적월이 고개를 끄덕였다. 그리고 숫자를 확인하기가 무섭게 몽우가 바로 대답했다.

"그럼 천사단이야."

"천사단?"

"천주 직속 수하들로 십 인으로 구성된 놈들이지. 특히 단주 놈 실력이 보통이 아냐. 회주들에 비해서도 크게 밀리지 않는 실력자지. 상대가 천사단이었다면 제아무리 점창파라도 해도 못 막아."

"놈들을 찾을 수 있겠어?"

적월의 말에 몽우가 일순 입을 닫았다.

뭔가 묘한 침묵이 방 안에 감돌았다. 그리고 이내 몽우가 입을 열었다.

"그들을 찾아서 어떻게 하려고."

"당연한 이야기 아냐? 죽여야지."

"괜한 걸 물었군."

적월과 명객의 관계를 아는데 당연한 대답이다.

그걸 모르는 몽우가 아닐 텐데 이 같은 질문을 하는 게 무엇인가 이상하다.

몽우가 말했다.

"천사단을 치는 건 여태까지와는 조금 달라."

"뭐가 다른데?"

"천사단을 건드린다는 것은 혈왕의 입장에서 본다면 자신들의 최후의 보루를 건드린 셈이 되거든. 최악의 경우엔……혈왕을 만나게 될지도 몰라."

걱정스러운 듯한 몽우의 말투. 하지만 적월은 그런 몽우를 보며 전혀 문제없다는 듯이 대답했다.

"바라던 바야. 명객들을 없애려면 그 혈왕이라는 자를 쓰러트리지 않고서는 불가능한 일이니까."

그토록 강한 자라면서 왜 여태 꽁꽁 숨어 사태가 이리되는지 관망만 하는 것인지 모르겠다. 염라대왕의 눈을 피하기 위함인가? 아니면 움직일 수 없는 다른 이유가 있는 것일까?
 몽우가 물었다.
 "혈왕을 네가 이길 거라 생각해?"
 "……잘 모르겠다."
 적월이 솔직히 답했다.
 자신이 강하다는 건 안다. 하지만 혈왕의 강함에 대해서는 듣기만 했을 뿐 실질적으로 대면해 보지 못해 가늠조차 할 수 없다.
 하지만 상대해 보았던 지주를 비롯한 명객들을 생각해 보면 혈왕의 힘이 결코 가볍지 않을 것은 분명하다. 어쩌면 적월 자신이 감당할 수 없을 정도로 강할지도 모른다.
 승패를 장담하지 못하는 적월을 향해 몽우가 말했다.
 "그런데 그냥 싸우겠다는 거야? 차라리 조금 더 시간을 두고……."
 "나한테는 최후의 보루가 있거든."
 적월이 자신의 팔을 들어 올리며 말했다.
 지금 적월이 말하는 그 최후의 보루는 역시나 천왕문을 말하는 것일 게다. 수천이 넘는 요괴들을 사용할 수 있는 힘, 이 힘이 있는 이상 상대가 혈왕이라 해도 결코 패하지 않으리라.

그런 모습을 가만히 보고 있던 몽우가 고개를 끄덕였다.

"자신할 순 없지만 한번 알아볼게."

"난 그럼 잠깐 눈 좀 붙여야겠다. 내일 식사나 같이하자."

"그래. 그럼 쉬고."

몽우가 의자에서 일어나자 적월 또한 침상에 드러누워 눈을 감았다. 몽우가 문가로 다가가다가 고개를 돌려 적월을 바라봤다.

적월을 아주 잠시 바라보던 몽우가 입술을 잘근 깨물며 문을 열고 바깥으로 걸어 나왔다.

몽우가 바깥으로 나와 걸음을 옮기기 시작할 때였다.

까악, 까악, 까악.

세 번의 까마귀 울음소리가 귀청을 흔든다. 몽우가 고개를 치켜들자 건물 위쪽에 고개를 내민 까마귀 하나가 모습을 보이고 있다.

보통 까마귀가 검은색 눈동자를 지닌 것과는 달리 놈은 금빛의 눈을 지니고 있었다.

금빛 눈동자로 몽우를 내려다보던 까마귀가 날개를 펴고 날아올랐다.

'……시작된 건가.'

아까 전 적월에게 말했던 것은 새빨간 거짓말이다.

천사단을 친다는 것이 혈왕 최후의 보루를 건드리는 셈이라 한 말은 적월의 생각을 바꾸기 위해 내뱉었던 몽우의 마지막 경고였다.

그 말을 듣고 적월이 생각을 바꾸기를 바라면서.

하지만 적월은 그러지 않았다.

몽우는 알고 있다.

혈왕에게는 천사단이고, 명객이고 간에 결코 중요하지 않다는 것을. 그의 힘의 원천은 명객이 아니다. 그저 그 모든 것을 되찾기 위해 명객이라는 존재를 만들고 이용할 뿐이다.

중요한 건 천사단이 아니다.

적월을 죽이고 설화를 데리고 가려는 혈왕의 계획이 이미 반 이상 완성되었다는 게 문제다.

여태까지 계속 적월을 도와 왔던 몽우다.

하지만 이제부터는 그것도 점점 쉽지 않게 될 것이다. 인주와 마주치게 되었을 때부터 이 같은 상황은 예측하고 있었다. 하지만 당시 그 자리에서 자신이 빠질 수 없었기에 알면서도 인주를 만나게 됐고, 또 정체를 숨기지도 않았다.

혈왕이 이제 몽우 자신의 존재를 알고 있다.

최대한 둘의 균형을 잡기 위해 가운데에서 노력했지만…… 이제는 그것도 끝이다.

몽우는 자신의 거처가 아닌 다른 곳으로 발길을 옮겼다. 몽우의 발길이 향한 장소는 다름 아닌 무림맹에서 얼마 떨어지지 않은 곳에 위치한 조그마한 우물이었다.

인적이 드문 곳에 있는 이 우물터는 오래전부터 사용이 끊겼는지 사람의 흔적이 느껴지지 않았다. 입구조차 커다란 돌로 막혀 있는, 사용이 중지되어 있는 그러한 우물이었다.

당장이라도 무너질 것만 같은 추레해 보이는 이 우물은 실제로도 수십 년 전부터 사용이 중지된 상태였다. 이곳에 있는 물을 먹은 이들이 복통에 시달리다가 죽게 된 사건 때문이다.

몽우가 그 우물 앞에 가만히 서서 손을 휙 하고 움직였다. 그러자 우물을 막고 있던 그 커다란 돌덩이가 옆으로 밀려 나갔다.

돌이 밀려나고 우물 안의 모습이 눈에 들어온다.

너무나 깊어 그 끝을 보기조차 힘들 정도로 깊은 구덩이. 간신히 물이 보일 정도로 우물은 무척이나 메말라 있었다.

그때 몽우가 우물 구덩이 위쪽으로 손을 올렸다.

그리고 이내 몽우의 손바닥에서 찬란한 빛이 쏟아져 나오기 시작했다. 그리고 그 빛이 점점 강해지나 싶더니…….

파앙!

물살을 뚫고 무엇인가가 솟구쳐 올라왔다.

타악.

우물 깊숙한 곳에 잠들어 있던 무엇인가가 몽우의 손아귀에 들어와 잡혔다.

그것의 정체는 새빨간 통.

둘레에 그 의미를 알 수 없는 붉은 글자들이 잔뜩 적혀 있는 통을 든 몽우가 천천히 뚜껑을 옆으로 비틀었다.

그러자 뚜껑이 옆으로 밀려나며 통과 연결되어 있는 거울이 모습을 드러냈다. 그런데 그 거울 또한 이상하다. 사방으로 금이 가 있는 거울은 주변의 사물을 일그러트리며 비춘다.

금이 가 있는 이 거울이 대체 무엇이기에 몽우가 이토록 감추고 있었던 것일까.

그리고 거울을 확인한 몽우가 의미 모를 말을 중얼거렸다.

"거의 복원됐군."

말을 마친 몽우가 그 통을 품 안에 집어넣었다. 그리고 이내 우물을 막고 있던 돌을 움직여 다시금 입구를 막으려 하다가 힐끔 그 안을 바라봤다.

우물 안에서는 놀라운 일이 벌어져 있었다.

물이 사라졌다.

우물 안에 가득하던 그 물들이 거짓말처럼 증발되어 한 방울조차 남아있지 않는 것이었다. 이런 놀라운 일이 벌어졌음에도 불구하고 몽우는 예상이라도 했었는지 일말의 표정 변화조차 보이지 않았다.

그저 묵묵히 다시금 입구를 막고는 몽우는 몸을 돌려 자신의 거처를 향해 걸음걸이를 옮겼다.

늦은 밤 찬 바람이 무척이나 쌀쌀하다.
점점 겨울이 가고 있거늘 날은 따뜻해질 줄 모르고 있다.
몽우가 천천히 입을 열었다.
"언제쯤 봄이 오려나."

＊　　＊　　＊

적월이 몽우에게 천사단에 대해 부탁한 지 나흘가량이 지났을 무렵이다. 대홍련의 거처로 마련된 곳으로 몽우가 찾아왔다.
벌컥.
적월이 일을 처리하는 련주실의 문이 소리 나게 열렸다. 적월은 서류를 보고 있는 통에 들어온 이가 누군지 확인하지 못했다. 그럼에도 불구하고 적월은 서류에서 눈도 떼지 않고 들어온 이가 몽우인 걸 알아차렸다.
적월이 심드렁한 목소리로 말했다.
"뭐냐."
"어? 나인 줄 어떻게 알았어?"
"이렇게 예의 없게 문을 벌컥벌컥 열면서 나타나는 게 누가 있겠냐."
말을 마친 적월이 고개를 들어 몽우와 시선을 마주했다.

몽우는 그런 적월의 시선에 히죽 웃었다.

"바빠?"

"바쁘긴 하지. 그런데 그건 왜?"

"시간 괜찮으면 나갈까 해서."

"밖으로?"

적월의 질문에 몽우가 끄덕였다.

그러고는 가볍게 손목을 꺾으며 술을 마시는 시늉을 해 대기 시작했다. 적월은 잠시 쌓여 있는 서류 더미를 바라봤다.

이 모든 것을 처리해야 하기는 하지만…….

적월이 들고 있던 서류를 옆으로 밀어내며 자리에서 일어났다.

"서류 보는 것에도 슬슬 진절머리가 났는데 마침 잘됐군."

"좋다 이거지? 그럼 설 소협도 데리러 가자."

"설화도?"

"당연한 거 아냐? 우리 셋이 언제 떨어진 적이 있던가. 우리 둘만 빠져서 몰래 술을 마시면 설 소협이 얼마나 섭섭하겠어."

"흠."

요새 들어 바깥 외출을 최대한 자제하고 있는 설화다. 대홍련의 일로 함께 움직이는 것 정도를 제하고 그녀는 하루 종일 요력을 익히는 데에 심취해 있다.

그랬기에 개인적인 술자리에 함께할지는 확신할 수 없었지만…….

"가서 물어나 보지."

자리에서 일어나 있던 적월이 몽우의 옆에 와서 섰다. 그러자 몽우가 웃으며 열린 문을 가리키며 말했다.

"가시지요, 련주님."

"뭐 하는 거야?"

"하하! 그래도 이제 높으신 신분 아니냐. 예를 갖춰야지."

"높긴. 이래 봬도 한때 교주였던 사람이다. 련주 가지고 무슨."

몽우의 장난스러운 행동에 피식 웃으며 적월은 성큼 바깥으로 걸어 나갔다. 그렇게 적월은 몽우와 나란히 선 채로 걷기 시작했다.

지나가는 많은 이들이 적월을 향해 예를 취한다.

그리고 그런 그들을 향해 적월 또한 최소한의 인사로 답했다.

그저 일개 이름 없는 무인으로 무림맹에 들어왔던 예전과는 완전히 달라진 모습이다. 지금 무림맹에서는, 아니, 무림에 몸담은 이들 중에서 적월이라는 이름을 모르는 이는 없다 해도 과언이 아닐 정도다.

둘은 별 의미 없는 이야기를 나누며 목적지인 설화의 거처로 향했다.

 목적지에 이르자 몽우는 적월의 집무실에 방문했을 때처럼 문을 벌컥 열고 들어서려 했다. 그리고 그런 몽우의 어깨를 잡으며 적월이 표정을 구긴 채로 입을 열었다.

 "나한텐 몰라도 설화 방에는 이렇게 불쑥불쑥 들어가지 마라."

 "남자끼리 뭐 어때?"

 "……하여튼 그러라면 그렇게 해."

 몽우가 어깨를 으쓱하며 뒤로 물러섰고 적월이 방문 앞으로 다가가 헛기침을 해 댔다. 그리고 그런 적월의 모습을 뒤에서 몽우가 웃으며 바라보고 있었다.

 "들어간다?"

 잠시간의 정적, 그리고 이내 설화의 목소리가 들려왔다.

 "네. 이제 들어오셔도 돼요."

 안에서 설화의 허락이 떨어지자 그제야 적월은 문을 열었다.

 방 안에서는 왠지 모를 열기가 후끈거렸다.

 보통 사람은 쉬이 느끼지 못하겠지만 적월에게만큼은 어렵지 않은 일이었다. 요기가 방 안을 가득 메우고 있는 탓이다.

 설화가 다급히 천으로 얼굴을 타고 흐르는 땀을 닦아 내고 있었다. 그녀가 옆으로 고개를 슬쩍 돌린 채로 물었다.

"무슨 일이에요, 둘이?"

"이 녀석이 오랜만에 셋이 나가서 술이나 한잔하자는데 시간 괜찮아?"

"술이요?"

설화가 의문스럽다는 눈으로 적월과 몽우를 번갈아 바라봤다. 거의 반년을 떨어지지도 않고 함께 다녔다. 그 탓에 술자리를 함께한 적은 셀 수도 없이 많긴 했지만 이렇게 개인적으로 찾아오면서까지 간 적은 그리 많지 않다.

잠시 머뭇거리던 설화가 입을 열었다.

"전 할 일이 있으니 두 분이서……."

"안 돼, 안 돼. 오늘은 절대 빠지시면 안 됩니다."

손을 휘휘 저으며 뒤편에 있던 몽우가 앞으로 다가왔다. 그가 여전히 사람 좋아 보이는 미소를 머금은 채로 두 사람을 번갈아 가리켰다.

"두 사람 모두요."

"……."

설화가 애매한 표정을 짓자 몽우가 재촉했다.

"갑시다! 설 소협."

"그러죠, 그럼."

"아싸!"

뭐가 그리도 신이 나는지 주먹을 움켜쥐며 소리치는 몽우의 모습은 흡사 갖고 싶은 선물을 받은 어린아이처럼 해맑았다. 그런 모습은 웃음을 잃어버린 설화조차 헛웃음을 흘리게 만들었다.

둘에서 셋으로 늘어 버린 일행이 거처를 빠져나와 무림맹의 입구를 향해 걷기 시작했다. 그리고 나란히 걷는 적월과 설화 사이로 몽우가 끼어들었다.

그렇게 두 사람 사이에 낀 몽우가 어깨동무를 하기 위해 팔을 올릴 때였다.

설화가 황급히 손을 막으려 했지만 그보다 몽우가 빨랐다.

움직이던 손을 멈추며 몽우가 말했다.

"아차차, 설 소협은 이런 거 싫어하지."

"이제라도 아시니 다행이군요."

"하하, 까칠한 사람 싫어하는데 설 소협은 예외입니다. 소협은 까칠한 게 매력이거든."

"칭찬으로 듣죠."

"쓸데없는 소리들 말고, 어디로 갈래? 유성루?"

적월이 둘의 대화를 자르며 들어왔다.

술을 마시러 갈 만한 장소가 마땅히 생각나지 않아 맹주와 자주 만나는 유성루를 제안했다. 하지만 몽우가 고개를 저으며 말했다.

"오늘은 좀 시끌벅적하게 마시고 싶으니 유성루 말고 그냥 커다란 객잔 아무 데나 가지."

"그래? 그럼 그냥 가까운 데로 가는 걸로 하지."

별로 어렵지 않은 일이었기에 적월은 쉽사리 승낙했다. 세 사람은 그렇게 무림맹을 벗어나 대로를 따라 움직였다.

무림맹에서 일각가량 걸리는 곳에 위치한 객잔.

천기루(天氣樓)는 예로부터 많은 무인들이 들르는 곳이다. 무림맹과 가깝다는 지리적 이점 때문에 손님들 중에는 무인도 많았고, 가격이 비싸지 않은 탓에 각양각색의 사람들이 몰려드는 곳이기도 했다.

인산인해를 이루는 그 천기루에 세 사람이 들어섰다.

"어서 옵쇼."

손님을 맞는 것이 익숙한 젊은 점소이가 바람처럼 달려와 세 사람을 맞이했다. 그는 세 사람의 좋은 옷차림을 보고는 한눈에 모든 파악이 끝난 듯 자신 있게 말해 댔다.

"조용한 방으로 모시겠습니다요."

"아니. 아래에서 마실 생각이니 저쪽 자리로 가지."

적월이 손가락으로 한쪽을 가리키며 말했다.

자신의 생각이 틀려서 잠시 당황했던 점소이였지만, 그는 이내 만면에 미소를 머금고는 적월이 가리켰던 장소로 이들을 안내했다.

이미 사람들로 북적거리는 천기루였기에 어느 정도 구석

자리에 앉은 것만으로 만족해야 할 정도였다.

자리에 앉기가 무섭게 몽우가 점소이를 바라보며 주문을 하기 시작했다.

"음식은 자신 있는 걸로 세 개 정도, 그리고 술은 화주로 부탁하지요."

"서둘러 내오지요."

점소이가 주방으로 사라지자 적월이 물었다.

"무슨 일이냐? 화주를 마시고."

"쯧쯧, 이 친구 운치 없기는. 이런 시끌벅적한 자리에서는 화주가 제격이지."

독하기만 한 화주를 그리 즐기지 않는 몽우다.

그랬기에 물었거늘 몽우는 도리어 뭘 모른다는 듯 적월에게 핀잔을 주었다.

안주보다 먼저 날라 온 화주의 병마개를 연 몽우가 그 향기에 취한 듯이 입을 열었다.

"휘유, 술 냄새 봐라."

값싼 화주는 그 향 또한 코를 아리게 할 정도다.

독한 그 냄새가 기분 좋다는 듯 몽우는 잔에 술을 채우고는 적월과 설화에게 건넸다.

마지막으로 자신의 잔에 술을 채운 몽우가 술잔을 들어 올리며 말했다.

"자자, 오늘은 빼지들 말라고."

먼저 술을 들이키는 몽우를 보며 적월과 설화 또한 뒤따라 잔을 기울였다. 독한 화주를 단숨에 넘기며 몽우가 입가를 닦아 냈다.

"오늘따라 화주 맛이 괜찮네."

"싸다고 안 좋아하지 않았냐?"

"맞아. 싸서 싫어했지."

말을 하는 몽우의 입가에 미소가 걸렸다.

그러고는 다시금 잔에 술을 콸콸 채우며 나지막이 말했다.

"오래전엔 싸서 자주 마실 수 있었거든. 그때 기억이 조금씩 떠올라서 말이야."

적월과 만나기 훨씬 전의 이야기다.

몽우가 이런 말을 꺼낸 적이 없었기에 적월은 이상하다는 듯이 그를 바라봤다. 오늘따라 평소보다 뭔가 더 들떠 보이고 신나 보인다.

하지만 안다.

그것이 결코 즐거워서가 아니라는 것을.

"무슨 일 있냐?"

의자에 기대어 앉으며 적월이 물었다. 하지만 그런 적월의 질문에 몽우가 웃으면서 답했다.

"일은 무슨, 그냥 옛날 생각이 좀 나서 그래. 에잇, 좋은 자리에서 이상한 소리 말고 술이나 마시자고."

말을 마친 몽우가 다시금 술을 들이켰다.

그렇게 세 사람이 몇 잔을 주거니 받거니 할 무렵이었다. 시켜 두었던 안주가 상 위에 올랐고 그것만으로도 행복한 듯이 몽우가 미소 지었다.

술 한 잔씩을 다시금 나눈 후에 몽우가 입을 열었다.

"우리가 만난 지 얼마나 됐지?"

뻔한 질문에 적월이 그를 바라보며 답했다.

"반년 정도. 알면서 왜 물어?"

"그냥 갑자기 묻고 싶어서. 하아, 우리 셋이 만난 게 겨우 그것밖에 안 됐나. 억겁의 세월을 산 나에겐 정말 티끌과도 같은 시간이군."

반년은 길다면 길고 짧다면 짧은 시간이다.

하지만 인간이 아닌 몽우에게 그건 정말 일생의 아주 조그마한 한 부분일 뿐이다.

그런 조그만 일부분의 삶 때문에 몽우는 쓴웃음을 지었다.

연거푸 술을 들이켠 몽우가 적월을 바라봤다. 그리고 이번에는 설화에게 시선을 돌렸다. 두 사람은 그런 몽우의 시선에 술잔을 입에 대고는 그저 멀뚱멀뚱 바라만 볼 뿐이다.

몽우가 다소 취한 듯한 목소리로 입을 열었다.

"넌 대체 날 왜 데리고 다녔냐?"

"취했어?"

"아니. 오래전부터 궁금해서 묻고 싶었거든. 평소엔 묻기가 좀 그래서 술기운을 빌려 물어보는 거야. 처음부터 내 정체를 알았잖아? 물론 내가 네 구미가 당길 제안을 하긴 했지만…… 그래도 중간에 몇 번이고 버릴 기회는 있었다고 보이는데."

"뭐, 처음엔 나도 좀 이용하다가 버릴 생각이긴 했는데…… 어쩌다가 여기까지 왔군."

적월의 말에 몽우가 픽 하고 웃었다.

서로 간에 그리 생각하는 것은 당연하지 않겠는가. 몽우 또한 처음엔 그냥 적월을 이용만 하려 들지 않았던가.

그때 적월이 입을 열었다.

"널 내 사람이라 생각하게 된 것 같아. 설화도 마찬가지고."

"……."

몽우가 일순 아무런 말도 못 하고 술잔에 담긴 술을 바라만 보았다. 잔잔하니 흔들리는 잔에 담긴 술처럼 몽우의 마음에도 조그마한 감정이 인다.

그리고 그건 가만히 듣고만 있던 설화 또한 그랬다.

적월이 자신을 그리 생각해 주고 있을 거라고는 상상조차 해 본 적이 없다.

그런 둘의 마음을 아는지 모르는지 적월이 말을 이었다.

"내 사람을 버리지 않는 이 버릇, 한 번 뒤통수를 맞고 나서 바꾸려 했는데 천성인지 고칠 수가 없더군."

"그러게. 죽어서도 못 고치는 걸 보니…… 정말 영영 못 고치겠군."

몽우가 피식 웃으며 대꾸했다.

웃고 있지만 가슴 한쪽에서 울컥 밀려 나오는 감정만큼은 도저히 어찌할 수가 없다. 이런 감정을 느껴 본 것이 도대체 얼마 만인가.

몽우가 애써 고개를 들며 환히 웃으며 말했다.

"고맙다. 친구로 여겨 줘서."

"친구는 아니고 부하 정도로 생각한다는 건데?"

"뭐? 하하!"

몽우가 크게 웃음을 터트렸다.

잠시 즐겁게 웃던 몽우가 이내 적월을 바라보며 입을 열었다.

"부탁이 하나 있는데."

"뭔데?"

"한번 믿어 준 이상 끝까지 날 믿어 줬으면 좋겠군."

"무슨……."

"그냥 그래 줬으면 좋겠다, 이 말이야. 설령 내가 널 죽이려

드는 날이 있어도 그냥 나를 믿어 줬으면 하는 거지. 그런 친구 있으면 멋있잖아?"

"멋있긴. 날 죽이려 드는 놈을 어떻게 믿으라는 거야?"

"하하. 그것도 그런가?"

몽우가 비어 버린 둘의 잔에 술을 채우며 말했다.

"반년 후에도…… 우리 이렇게 함께였으면 좋겠군."

말을 마친 몽우가 술을 쭉 들이켰다.

第七章
출전

싸움터로 가지

 적월의 거처에 늦은 시간 부련주 유어청이 찾아왔다. 이토록 야심한 시각에 그가 찾아온 이유는 다름 아닌 적월의 연락이 있었기 때문이다.

 헤어진 지 약 한 시진이 조금 넘었을 뿐인데 갑작스레 적월에게서 연락이 오자 유어청은 의아했다. 하지만 무엇인가 연유가 있을 거라 생각하고 늦은 시간임에도 불구하고 단번에 적월의 거처로 달려온 것이다.

 안으로 들어서자 기다리고 있던 적월이 자리에서 먼저 일어나 예를 취했다.

 "오셨습니까?"

"이 늦은 밤에 갑자기 무슨 일로 날 호출했는가?"

"중요한 일이 하나 생겨서요."

"아까는 아무 말 없더니 그사이에?"

"그렇게 됐군요."

말과 함께 적월이 보고 있던 서찰들을 유어청에게 내밀었다. 서찰은 간략한 지형들이 그려져 있는 지도와 여러 가지 지역들에 대해 적혀 있는 것이었다.

가만히 서찰을 보던 유어청이 의아한 표정을 지어 보이며 물었다.

"이건……?"

적월이 자신을 바라보는 유어청을 향해 입을 열었다.

"점창파를 멸문시킨 천사단이란 놈들의 지금 위치와 이동 경로입니다."

"저, 정말인가?"

유어청이 두 눈을 크게 치떴다.

"확실합니다. 명객 내부에 심어 둔 간자를 통해 얻은 정보니 틀리지 않을 겁니다."

만약 적월의 말이 사실이라면 이건 엄청난 정보다.

서찰에는 천사단의 이동 경로에 대한 완벽한 정보가 적혀 있었다.

천사단에 대한 정보에 깜짝 놀랐던 유어청이었지만 그는

이내 침착함을 되찾았다.

"어찌할 생각인가?"

"시간을 주면 안 되지요. 바로 뒤쫓아서 칠 생각입니다."

"그렇다면 내가 뭘 해 주면 되겠는가?"

유어청의 말에 적월이 기다렸다는 듯이 답했다.

"우선 부련주께서는 사람들을 추려 주시지요. 이번 임무는 많은 인원이 움직여서는 안 됩니다. 그들의 눈에 들키지 않아야 하니 대홍련 내에서 뛰어난 자들 다섯 명 이내로 추려 주셔야 합니다. 그리고 이 같은 사실을 맹주님께도 알려 주시지요."

"그렇게 하지. 그런데 점창파를 무너트릴 정도의 놈들인데 그 숫자로 되겠는가?"

"가능합니다."

적월이 망설이지 않고 답했다.

어차피 천사단에게 어중간한 무인들은 방패막이도 되지 않는다. 그나마 몇몇이라도 데리고 가려는 것은 혹시 모를 일들에 대비하기 위함이다.

아주 잠시 머뭇거리긴 했지만 이내 유어청은 고개를 끄덕였다. 명객과 관련된 일의 전권은 적월이 위임받았다. 부련주로서 유어청은 그런 그를 보좌하는 역할인 셈이다.

적월이 가능하다고 했으니 우선은 믿어야 한다. 그만큼 명객에 대해 잘 아는 이는 없으니까.

 자리에 앉을 틈도 없이 유어청이 바로 바깥을 향해 걸어 나가며 말했다.

 "그럼 내 당장 가서 사람들을 추리고 맹주님께 이 사실을 고하겠네. 나중에 보도록 하지."

 "부탁드리지요."

 유어청이 쏜살같이 사라지자 그 빈자리를 몽우가 채웠다.

 창 바깥에 숨어 있던 몽우가 유어청이 사라지는 것과 동시에 안쪽으로 몸을 날렸다.

 탁.

 방에 들어선 몽우가 입을 열었다.

 "일사천리로 진행되는군."

 "시간을 끌면 안 되는 일이니까. 그보다 정말 대단하군. 이렇게까지 자세히 알아 올 줄은 몰랐는데……."

 적월이 몽우를 힐끔 바라봤다.

 그때 천사단에 대해 알아봐 달라고 한 부탁을 반쯤은 잊고 있었다. 제아무리 몽우라 해도 그 정도로 중요한 위치에 있는 자들의 움직임에 대해 알아본다는 것은 어려울 거라 생각했기 때문이다.

 그런데 방금 전 몽우가 찾아와 이 서찰을 건넸고 그 안에는 놀랍게도 천사단에 대한 많은 정보가 담겨져 있었다.

몽우가 적월의 시선을 의식한 듯 고개를 치켜들며 자랑스레 말했다.

"거봐. 처음 봤을 때 나랑 손잡으면 도움이 될 거라 했었잖아?"

"그러게."

적월 또한 몽우가 물어 온 천사단에 대해서는 칭찬을 아끼고 싶지 않은지 쉽사리 수긍했다. 그리고 그런 적월을 향해 몽우가 입을 열었다.

"이번에 나도 같이 가지."

"저번엔 안 따라오더니 웬일이냐?"

대홍련 무리에는 항상 섞이지 않는 몽우다.

그랬기에 대홍련과 관련된 일에도 그는 얼굴조차 비춘 적이 없다. 저번에 있었던 명객의 수하들을 쳐 내는 일만 해도 그랬다.

그랬던 몽우가 이번 여정에서는 갑작스레 함께하자고 하는 것이다.

적월의 물음에 몽우가 별일 아니라는 듯이 어깨를 으쓱하며 말했다.

"전에는 뭐, 개인적인 일도 있었고 이번 상대는 저번만큼 만만한 놈들이 아니잖아?"

"그 말은 내가 위험하기라도 할 거라는 거냐?"

"아주 조금?"

몽우가 엄지와 검지를 살짝 벌리며 장난스럽게 말했다.

천사단은 위험한 자들이다.

명객 중에서도 손꼽히는 자들만이 모여 있는 게 바로 그들이다. 여태까지 적월이 수십의 명객과도 싸우고 이겨 냈지만 그때와는 수준이 다른 자들이다.

적월이 손을 저으며 말했다.

"네 맘대로 해."

"아 참, 그럼 설 소협은 어쩔 거야?"

"그건 갑자기 왜?"

"가능하면 동행하는 게 낫지 않을까 싶어서. 인주가 호시탐탐 설 소협에게 분노의 칼을 간다는 소문을 들었거든. 네가 무림맹에 없으면…… 아무래도 위험하지 않을까 싶어서."

인주가 설화를 노리고 있다는 말에 적월의 표정이 살짝 구겨졌다.

설화가 요력을 얻고 인간으로서는 쉬이 범접하기 힘든 경지에 오른 것은 사실이나, 인주가 마음먹고 노린다면 그녀 또한 무사하기 힘들 것이다.

몽우의 말대로 적월이 없는 무림맹은 결코 설화에게 안전하다 말할 수 없을 것이다. 차라리 옆에 두고 지키는 것이 적월에게는 마음 편한 일이었다.

"인주는 위험한 상대니 네 말대로 같이 움직여야겠군."
"……잘 생각했어."
몽우가 잠깐 침묵하다가 고개를 끄덕였다.
적월이 몽우에게 바로 말했다.
"동행할거면 너도 어서 가서 준비해."
"언제 떠나게?"
"되는 그 즉시."
적월이 단호하게 말했다.

한 시진 후 무림맹 바깥으로 일행들이 빠져나왔다. 그때 시간은 얼추 축시(丑時)가 갓 지났을 정도였다.
일행의 숫자는 여섯.
적월과 설화, 몽우를 제하고 세 명의 대홍련 무인들이 따르고 있었다. 그리고 인간들의 눈에는 보이지 않는 풍천 또한 혹시 모를 명부와의 연락을 위해 이번 여정에 뒤따르고 있었다.
무림맹 바깥으로 나가는 것도 들키지 않기 위해 비밀 출구를 통해 빠져나온 그들은 서둘러 움직이기 시작했다.
어두운 야밤, 사전에 사람이 없는 길을 알아보고 움직인 덕분에 적월 일행은 그 누구도 만나지 않으며 장사 지역을 벗어나고 있었다.

그렇게 그들이 아무도 모르게 움직이고 있다 생각할 때였다.

멀리 있는 담장 건너에서 누군가가 고개를 슬쩍 내밀었다가 사라졌다.

'움직이기 시작했군.'

아무도 모른다 생각했다.

하지만 아니었다. 그 누군가가 이곳에 숨어 정확하게 적월 일행의 움직임을 예측하고 있었다.

어둠 속에 몸을 숨긴 그가 손에 들린 무엇인가를 허공으로 뿌렸다. 그러자 손에 있던 것이 어둠을 가르고 날아올랐다.

일전에 보았던 금색 눈동자를 지닌 까마귀였다.

까악!

불길한 까마귀의 울음소리가 주변으로 울려 퍼졌다.

*   *   *

금빛의 눈을 지닌 까마귀가 어두운 공간을 가로지르며 뜨거운 열기가 가득한 화마극지(火魔極地)로 날아들었다.

그 까마귀는 아무렇지 않게 입구에 있는 천주를 향해 날아갔다.

까마귀 다리에 달린 조그마한 종이를 펼쳐 본 천주가 황급히 안쪽으로 달려갔다.

그리고 안에서는 눈을 감은 채로 매달려 있는 혈왕이 기다리고 있었다.

천주가 부복하며 말했다.

"지옥왕이 움직였답니다."

천주의 보고에 혈왕이 가볍게 입가에 미소를 머금었다. 한동안 계획대로 일이 풀리지 않았지만 이제는 아니다.

이제부터 세상 모든 일들은 혈왕 자신이 계획한 대로 흘러갈 것이다.

만족스러운 미소를 머금은 채로 혈왕이 중얼거렸다.

"그래? 결국 그놈도 누구 편을 들어야 할지 드디어 정한 모양이로군."

혈왕의 말에서 나온 인물이 궁금했는지 천주가 조심스레 물었다.

"그놈이라면 누구를 말씀하시는 건지……."

"후후."

혈왕은 대답 대신 낮은 웃음을 흘렸다.

대답할 생각이 없다는 것을 알아차린 천주가 추후의 일에 대해 말했다.

"그럼 인주에게 시켜 계획대로 놈들을 처리하도록 하겠습니다."

"잠깐, 지옥왕 일행이 모두 함께 오고 있다 하더냐?"
"예, 그렇습니다. 지옥왕, 설화, 그리고 그 명객 배신자까지 같이 움직이고 있답니다."
"그래, 세 명 다 온다, 이 말이지?"
말을 마친 혈왕이 갑작스럽게 몸을 움직였다.
쿠르릉.
낮은 소리와 함께 혈왕을 금제하고 있는 보석이 바닥에 끌리며 움직였다. 혈왕이 천주를 바라보며 말했다.
"계획을 살짝 변경하지."
"예? 지금 와서 말입니까? 이미 모든 준비가……"
"아아, 걱정할 것 없어. 너희가 준비한 계책에 전혀 방해가 되지 않을 수준이니까 말이야. 오히려 도움이 될 게야."
"하고 싶으신 일이 무엇인지 여쭈어 봐도 되겠습니까?"
이미 적월을 죽일 완벽한 계획이 만들어져 있다.
그런 상황에서 혈왕에게 다른 생각이 있다면 이 모든 것을 전면 수정해야 할지도 모른다. 그랬기에 천주는 혈왕에게 의중을 물었던 것이다.
혈왕이 입을 열었다.
"만나 보고 싶군. 지옥왕이라 불리는 그놈을."
"혀, 혈왕 님께서 직접 말씀이십니까?"
"응. 궁금해서 말이야."

염라대왕에게 선택받은 놈이라고 했을 때도 그냥 죽이려고만 했지 크게 궁금하지는 않았다. 하지만 그랬던 생각이 지금은 조금 변했다.

어차피 죽을 놈이지만 한 번은 보고 싶다.

자신에게 칼을 들이밀었던 염라의 개.

그리고 또 혈왕 자신과 저울질을 하게 만들 정도의 인물이라니 한 번쯤은 보고 싶다는 열망이 일기 시작한 것이다.

물론 얼굴을 보기가 무섭게 곧 죽음을 맞이해야겠지만 말이다.

당사자인 혈왕은 아무렇지 않게 말했지만 정작 듣는 천주는 크게 놀란 모양이었다.

천주가 눈치를 살피며 물었다.

"놈을 어떻게 만나실 생각이십니까?"

"당연한 거 아니냐. 놈이 오든지, 아니면…… 내가 가든지."

웃으며 말했지만 천주는 깜짝 놀랐다.

금제로 인해 쉽사리 이곳에서 나갈 수 없는 혈왕이다. 그런 그가 움직인다는 것은 엄청난 기운을 써야만 하고, 또 거동 가능한 시간 또한 극히 짧다.

물론 그런다 해도 이곳에서 멀리 떨어진 곳까지 가는 것은 무리겠지만 말이다.

명객들 앞에 나서기 위해 움직였을 때를 제하고는 이곳에서 나가지 않던 그다. 그런 혈왕이 지옥왕을 만나기 위해 직접 움직이기로 마음먹은 것이다.

혈왕이 말했다.

"자리 좀 만들어 봐. 이 세상의 운명을 건 두 사내의 만남에 어울릴 만한 멋들어진 자리를."

"명 받들겠습니다."

갑작스러운 명령, 하지만 혈왕의 말대로다.

그가 직접 움직인다면 적월이 빠져나갈 수도 있을 아주 조그마한 확률조차 사라진다.

적월은 죽을 것이다.

그것도 혈왕의 손에.

그리고 이러한 사실을 모르는 적월은 점점 위험의 구렁텅이 속으로 다가오고 있었다.

第八章
천사단(天死團)

이상하군

구당협(瞿塘峽).

사천 무산에서 시작하는 장강 삼협의 하나다. 웅장하며 커다란 협곡을 끼고 있는 이곳은 양쪽으로 깎아지른 듯한 높은 봉우리가 위치하고 있으며 그 가운데를 장강의 물줄기가 관통하고 있다.

그리고 구당협과 그리 멀지 않은 곳에 아주 자그마한 마을이 있으니 그곳을 사람들은 희령촌이라 불렀다.

지도에조차 나와 있지 않을 정도로 조그마한 마을인 희령촌에 적월이 모습을 드러낸 것은 무림맹을 벗어난 지 이십여 일이 지났을 무렵이었다.

여섯 명의 무인들은 제각기 무기를 감춘 채로 보통 사람의 신분으로 위장했다. 짐을 짊어진 상인처럼 겉모습을 꾸민 그들이 희령촌에 들른 까닭은 다름이 아니라 이곳이 바로 천사단이 나타날 장소라는 걸 알았기 때문이다.

목적지인 희령촌에 도달하자 적월 일행은 곧바로 마을 안에 유일하게 있는 주점을 찾았다. 중요한 임무를 맡고 있는 지금 그냥 술을 마시러 주점으로 향하는 건 아니었다.

워낙 작은 마을이었기에 객잔조차 존재하지 않았고, 그런 희령촌에서 이들이 묵을 만한 장소는 바로 이곳뿐이었다.

조그마한 술집이지만 방 몇 개를 같이 운영하며 오가는 손님들을 머물게 한다는 곳이다.

마을의 유일한 숙박 장소.

죽립을 쓴 채로 상인으로 변장을 한 일행이 주점 입구로 다가갔다.

"계십니까?"

선두에서 얼굴을 가린 채로 서 있던 적월이 슬쩍 목청을 높였다. 그러자 주점 안쪽에서 잠시 부산스러운 소리가 나더니 이내 펑퍼짐해 보이는 아낙 하나가 걸어 나왔다.

음식을 만들고 있었는지 양념이 잔뜩 묻은 손을 한 그녀가 화들짝 놀라며 물었다.

"뉘, 뉘시오? 처음 뵙는 분들 같은데……."

"이 근방에 일이 있어 며칠 이곳에 묵으려고 하는데 방 있습니까?"

"거야 있긴 한데."

죽립을 눌러 쓴 이들의 행태가 조금 걱정스러운지 주모로 보이는 여인이 말을 끌었다. 그러자 적월이 전낭 주머니를 열어 보이며 말했다.

"넉넉히 드리지요."

돈을 보는 그 순간 주모의 표정이 확 하고 변했다. 언제 그랬냐는 듯이 살갑게 웃으며 다가온 그녀가 일행들을 안쪽으로 밀며 말했다.

"밖에서 서 있지 말고 어여 어여 들어들 가셔요."

조그마한 마을에 있는 주점답게 그 크기가 무적이나 작았고 방 또한 별로 없었다.

달랑 방이 두 개가 있는 걸 확인한 적월이 슬쩍 설화를 바라봤다. 설화가 여인이라는 걸 아니 방 하나를 그녀에게 내주고 싶었지만 모르는 사람들 입장에서는 이상하다 여길 수밖에 없는 일이다.

적월의 눈빛을 눈치챈 설화가 괜찮다는 듯 가볍게 고개를 끄덕였다.

내키진 않지만 사정이 이러니 적월 또한 어쩔 수 없었다.

"방이 두 개니 세 명씩 나눠서 쓰도록 하지. 이쪽은 나와

천사단(天死團) 203

설화, 몽우가 사용하고 나머지는 옆에 방에 들어가서 잠시 쉬도록 한다. 다음 사항은 조금 쉬었다가 전달하지."

"알겠습니다."

마찬가지로 죽립으로 얼굴을 가린 대홍련 무인들이 간단하게 예를 갖추고는 옆에 방으로 들어갔다.

그들이 방으로 들어서자 마찬가지로 적월도 바로 앞의 문을 열고 안쪽을 살폈다.

방은 무척이나 좁았다.

짐을 놓고 세 사람이 들어가면 간신히 누울 수나 있을 정도의 크기다. 방 안에는 조그마한 책상 하나가 있었을 뿐 딱히 다른 물건은 보이지 않았다.

그런 조그마한 방에 세 사람이 걸어 들어갔다.

몽우가 손으로 코를 부여잡으며 말했다.

"으, 퀴퀴한 냄새 봐라."

방은 오랫동안 사용되지 않았는지 퀴퀴한 냄새가 가득했다. 바람이나 햇빛도 잘 통하지 않는 곳에 위치한 탓인지 습기까지 가득하다.

가장 먼저 안으로 들어섰던 몽우가 급히 창문을 열어젖혔다.

아직 추운 바람이 가시지 않긴 했지만 그래도 창문을 열어두니 한결 나아지는 느낌이었다.

구석에 대충 짐을 내려놓은 셋이 자리에 앉았다. 그리고 여전히 인간들의 시선에서 모습을 감추고 있는 풍천은 구석에 벌렁 드러누웠다.

적월은 자리하기 무섭게 몽우에게서 받았던 지도를 펼쳤다. 대략적인 천사단의 움직임과 동선이 그려져 있는 그것을 다시 한 번 확인한 적월이 입을 열었다.

"놈들이 먼저 도착했을까?"

"장담할 순 없지만 그랬을 수도 있겠지. 아닐 수도 있고."

천사단이 무엇을 노리는 것인지 모르겠다.

하지만 몽우가 알아 온 바대로라면 최종 목적지가 바로 이곳 근처인 것은 확실하다.

점창파를 멸문시켰던 그들이다.

그렇다면 그다음 또한 그처럼 이름 있는 정파를 건드릴 거라 생각했다. 하지만 이곳 구당협과 딱히 가까이 있는 명문 정파는 없다.

대체 왜 그들이 이곳으로 온 것일까?

그리고 이곳에서 그들이 노릴 법한 자들이라면…….

이곳까지 오는 내내 고민해 봤거늘 아직까지도 모르겠다. 하지만 분명 마지막 목적지인 만큼 무엇인가 노리는 게 있을 것은 자명한 노릇.

물끄러미 지도를 보고 있는 적월을 곁눈질로 살피던 몽우가 배를 어루만지며 말했다.

"천사단이고 뭐고 다 좋은데 우선 식사부터 좀 하자. 놈들을 찾기도 전에 나 먼저 죽겠어."

"그러지."

제대로 된 식사는 입에 대지도 못하고 이곳까지 달려왔다. 몽우와 마찬가지로 적월 또한 크게 허기가 졌다. 긴 여정이 힘들었는지 골골거리는 풍천을 바라보며 적월이 말했다.

"저놈도 뭣 좀 먹이게 식사는 방에서 하지."

저녁 식사를 마치고 오랜만에 잠시 찬 바람을 피할 수 있는 장소에서 단잠을 즐긴 적월이 자리에서 일어났다. 한 시진이 조금 안 되는 시간을 잔 것뿐이거늘 피곤이 확 하고 풀리는 느낌이다.

선 채로 가볍게 몸을 푸는 적월의 움직임 때문일까? 깊게 잠에 빠져 있던 설화 또한 눈을 비비며 자리에서 일어났다.

"깼어?"

"뭐 해요?"

"슬슬 바깥 좀 살펴보려고."

오늘까지는 쉬고 내일부터 근방을 조사하겠다고 수하들에게도 알리긴 했지만 몸이 근질근질한 모양이다. 적월은 멀리는 아니더라도 가까이부터 천사단의 흔적이 있나 찾아보려고 하는 것이다.

적월이 문을 열며 말했다.

"좀 더 쉬어. 난 나가서 잠깐 마을이라도 둘러볼 테니."

"지금 이렇게 단둘이 방에서 자고 있으라는 거예요?"

설화가 옆에서 퍼져 자고 있는 몽우를 가리키며 물었다. 그러자 적월은 방구석에서 죽은 듯이 잠들어 있는 풍천을 향해 고갯짓을 하며 말했다.

"저놈도 있잖아."

설화가 자리에서 벌떡 일어났다.

추운 날씨 탓에 겉에 걸칠 옷을 재빠르게 챙긴 그녀가 말했다.

"같이 가요. 어차피 잠도 다 깼는데 억지로 자는 건 안 맞기도 하고요."

"그냥 마을이나 좀 돌아보려는 건데……."

"그러니까 같이 봐요. 혼자 살피는 것보다야 둘이 낫잖아요."

말을 마친 설화가 성큼 바깥으로 걸어 나왔다.

그리고 그런 그녀를 보며 어쩔 수 없다는 듯 적월이 문을 닫으며 함께 걸었다.

주변은 어둑어둑했고 바람도 무척이나 찼다.

근처에 있는 장강의 물줄기 때문인지 왠지 모르게 물 내음도 물씬 밀려드는 느낌이다.

미리 들어 알고는 있었지만 희령촌은 정말이지 조그마한 마을이었다. 삼십여 가구가 채 안 되는 조그마한 마을, 하지만 이곳은 무척이나 평화로워 보였다.

아직은 자기에는 조금 이른 저녁 시간, 주변은 어두웠지만 마을은 뛰어노는 아이들이나 아직 끝내지 못한 일들을 하느라 분주한 사람들로 인해 생기가 가득 느껴진다.

적월과 설화는 그런 희령촌을 나란히 걸었다.

엊그제 내린 눈이 아직도 녹지 않은 길을 아무 말 없이 걷던 둘이 멈추어 선 곳은 다름 아닌 초로의 노인에게서 얼마 떨어지지 않은 곳이었다.

노인의 앞에는 적월과 설화만이 아니라 어린아이들을 비롯해 여러 사람들이 자리하고 있었다. 주름살 가득한 노인의 손에는 조그마한 비파(琵琶) 하나가 들려 있었다.

노인은 눈이 보이지 않는 듯했다.

눈을 감은 노인의 손이 비파 위에서 구름처럼, 바람처럼 노닐었고 그 움직임에 따라 주변으로 은은한 소리들이 파문을 일으키듯 퍼져 나갔다.

적월과 설화는 발걸음을 멈춘 채 멀찍이 서서 그 노인을 바라보았다.

감미로운 음률이다.

긴 침묵을 깬 것은 설화였다.

"소리가 좋네요."

"그러게. 나쁘지 않군."

"그런데 정말 이곳에 그들이 올까요? 아무리 생각해 봐도 그들이 노릴 만한 게 있다고는 보이지 않는데요."

적월이 휘이 주변을 둘러봤다.

평화롭고 조용한 마을, 그리고 근방에 정파는커녕 사파의 무리조차 보기 힘든 곳이기도 했다.

적월이 천천히 입을 열었다.

"우리가 모르는 무엇인가가 있겠지."

"그건 그래요. 그들의 생각을 우리가 알 순 없으니까요."

설화가 고개를 끄덕이며 적월의 말에 동조했다.

그렇게 다시금 비파를 퉁기는 노인을 바라보던 중 설화가 물었다.

"잘들 지내시죠?"

"……내 부모님을 묻는 거냐?"

"네. 그날 이후 만나 뵌 적 없거든요."

담담히 말하고 있었지만 이 말을 뱉기까지 얼마나 오랜 시간이 걸렸는지 모르겠다. 적사문과 홍초희에 대해 묻게 된다면 필연적으로 자신의 아버지인 설리표가 떠오른다.

자연스레 설화는 적월의 부모님인 그 둘에 대한 이야기를 단 한 번도 묻지 않았었다. 설화의 질문에 적월이 긴 침묵을 유지하다 입을 열었다.

"잘 지내시겠지."

"아직도 연락 안 하고 지내요?"

"응."

적월이 퉁명스레 말을 내뱉었다.

그런 적월의 모습을 곁눈질로 살피던 설화가 긴 한숨을 내쉬었다. 하얀 입김이 허공으로 퍼져 나간다.

설화의 입에서 흘러 나간 입김이 천천히 사라질 무렵 그녀가 다시금 입을 열었다.

"나름의 생각이 있으니 연락 안 하는 거겠지만…… 너무 늦지는 말아요."

"새겨듣지."

"웬일이에요? 이렇게 말을 잘 듣고."

설화의 말에 적월이 기분 나쁘다는 표정을 지어 보이며 말했다.

"어린아이도 아니고 말을 잘 듣고 안 듣고 할 게 어디 있어?"

발끈하는 적월을 보며 설화가 퍼뜩 생각났다는 듯이 말을 돌렸다.

"아 참, 그거 알아요? 저도 예전에는 비파 좀 잘 다뤘었어요. 안 어울리죠?"

예전의 귀엽고 순수하던 그녀의 모습을 생각해 보면 비파를 다루는 모습이 전혀 어색할 것 같지는 않다.

물론 지금은 비파 대신 검을 들고 살아가고 있는 그녀지만.

외로워 보이는 눈동자로 비파를 켜는 노인을 바라보는 설화를 향해 적월이 퉁명스레 말했다.

"어울릴 것 같아."

"네?"

"비파 켜는 네 모습 말이야. 제법 잘 어울릴 것 같다고."

"말이라도 고마워요."

살짝 붉어진 얼굴로 설화가 적월을 향해 중얼거렸다. 그런 그녀를 향해 적월이 목소리에 힘을 주어 말했다.

"진심으로 하는 말이야. 한 번쯤 꼭 보고 싶을 정도로 잘 어울릴 거라고 생각해."

"……"

설화가 당황한 표정으로 적월을 바라봤다.

그러고는.

"추, 춥네요. 먼저 들어갈게요."

말을 마친 설화가 황급히 온 길을 거슬러 달려가기 시작했다.

＊　　　＊　　　＊

평화롭다. 그렇게 삼 일의 시간이 흘렀다.

문을 열고 들어선 대홍련의 수하들을 적월이 슬쩍 올려다보았다. 그들이 고개를 가볍게 저으며 입을 열었다.

"죄송합니다."

"아냐."

대홍련 무인들의 사과에 적월은 됐다는 듯이 입을 열었다.

삼 일이라는 시간을 이곳 희령촌에서 보냈다.

그동안 근방은 물론이거니와 제법 거리가 떨어진 마을까지 조사했다. 하지만 그 어디에도 천사단으로 의심될 법한 자들이 있거나 보였다는 소식은 전혀 들리지 않는다.

적월 자신이나 몽우, 설화도 근방을 돌며 이곳저곳을 찾아봤지만 아무런 단서도 찾지 못했다. 그런 상황에서 이들이라 해서 딱히 무엇인가를 찾아올 거라 생각지는 않았던 것이다.

대홍련 무인들이 간단히 보고를 끝내고 방을 나서자 적월은 방구석에 누워 있는 몽우를 발끝으로 툭툭 쳤다.

"야."

"응? 왜 불러?"

"여기 근처로 놈들이 오는 게 맞긴 맞는 거냐? 놈들이 움직이는 낌새도 안 보이고 너무 조용한 거 아냐?"

"그러게. 나도 그 점이 이상하긴 한데…… 그래도 하나 확실하게 말할 수 있는 건 내 정보통이 틀리지 않다는 거야."

대답하는 몽우의 어조에는 확신이 서려 있었다. 그리고 그때 바닥에 누워 있던 몽우가 귀를 쫑긋 세우더니만 자리에서 벌떡 일어났다.

"잠깐 밖에 좀 나갔다 올게."

"무슨 일인데?"

"혹시나 내가 명객들 사이에 숨겨 둔 놈에게서 연락이 온 건가 싶어서 말이야. 금방 다녀올게."

"그래?"

혹시나 무엇인가 알아오지 않을까 하는 생각에 적월이 어서 다녀오라는 듯이 고개를 끄덕였다.

몽우는 천천히 방문을 빠져나와 위쪽을 쳐다보았고, 그곳에는 다름 아닌 까마귀 하나가 자리하고 있었다.

금빛 눈동자의 까마귀.

연락이 온 것이다.

몽우는 까마귀의 존재에 대해 못 본 척하며 주점을 벗어나기 위해 발을 움직였다. 그때 주점의 주모가 주방에서 나오다가 몽우를 발견하고는 물었다.

"식사 시간 다 됐는데 어디 가시려고요?"

"아, 잠시 주변 산책이나 좀 할까 해서 말입니다."

몽우가 말을 마치고는 그대로 주점을 빠져나왔다.

그리고 몽우가 향한 곳은 희령촌과는 얼마 떨어지지 않은 곳에 있는 조그마한 우물가였다.

그 우물에는 평범한 복장을 한 사내 하나가 잠시 앉아 쉬고 있었다. 그쪽으로 다가간 몽우가 천천히 옆에 걸터앉았다.

사내가 은밀하니 서찰 하나를 몽우에게 건넸다.

서찰을 건넨 그가 자리에서 일어나 길게 기지개를 켜며 어딘가를 향해 걸어가기 시작했다. 그렇게 사내가 사라질 때까지 몽우는 품 안에 넣었던 서찰을 확인하지 않았다.

그리고 반 각가량이 지난 뒤에야 몽우는 건네받았던 서찰을 꺼내어 들었다.

서찰의 내용을 조용히 확인하던 몽우의 안색이 돌변했다.

'젠장. 뒤통수를 맞았군.'

몽우가 자리에서 일어나며 그대로 진기를 뿜어내자 서찰이 불꽃에 휩싸였다. 몽우는 그대로 그 서찰을 허공으로 날려 버렸다.

서찰은 순식간에 먼지가 되어 바람을 따라 사방으로 퍼져 나갔다.

몽우는 품 안에서 종이 한 장을 꺼내 들었다. 아무것도 적혀 있지 않은 백지.

그 상태로 몽우는 주변에 있는 나무에서 잎사귀를 하나 뽑아 들었다. 무엇인가 적을 것이 없는 지금 임시방편으로 나뭇잎을 이용하려는 것이다.

서찰 위에 나뭇잎을 올려놓은 몽우가 손가락 끝에 내력을 집중했다.

그러자 나뭇잎의 녹색 물이 종이에 스며들어 글자가 되기 시작했다.

뭔가를 적은 몽우는 서찰을 조그맣게 접었다. 모든 준비가 끝나자 몽우가 입 사이로 손가락 두 개를 집어넣었다.

그러고는 강하게 휘파람을 불었다.

삐익!

휘파람 소리에 나무 위에서 까마귀 하나가 날아와 그의 어깨에 앉았다. 몽우는 서찰을 까마귀 발에 묶고는 그대로 하늘 위로 휙 하니 던져 올렸다.

푸드득.

까마귀가 날갯짓을 시작하며 나무들 사이로 몸을 감췄다.

'시간이 얼마 없어.'

몽우가 다급히 발을 놀렸다.

원래는 조금 더 여유 있게 기다렸다가 상대가 움직이면 그때서야 받아칠 생각이었다. 그랬기에 여태까지 희령촌에서 무의미한 시간을 보냈다.

하지만 엄청난 사실을 알아 버렸다.

혈왕이 직접 움직였다.

그렇다면 여태까지 생각해 두었던 모든 것을 전면적으로 수정해야 했다. 혈왕이 직접 움직일 거라고는 생각조차 하지 못했기에 몽우의 머리가 일순 복잡해졌다.

완벽한 계획을 짜낼 여유가 없다.

다소 불확실하더라도 서둘러 움직이는 것이 지금은 더 중요한 시기다.

몽우는 희령촌으로 들어가 단번에 자신의 거처를 향해 달려갔다. 그리고 이내 문가에 이르자 황급히 문을 벌컥 열어젖히며 안으로 걸어 들어갔다.

그곳에는 무료하게 시간을 보내고 있던 적월과 설화, 그리고 풍천이 있었다.

다급하니 달려 들어온 몽우를 보며 적월이 의아한 표정을 지어 보였다. 한눈에 봐도 알 수 있을 정도로 몽우에게서 여유가 느껴지지 않는다.

평소의 그답지 않은 모습.

몽우가 다급히 문을 닫자 적월이 물었다.

"왜 그래? 표정을 보아하니 무슨 일이 벌어졌나 본데."

적월의 지적에 몽우는 그제야 숨을 몰아쉬며 다시금 표정을 원래대로 되돌렸다. 몽우가 손을 가볍게 저으며 말했다.

"그냥 중요한 소식을 들어서 급히 알려 주려고. 휴우, 막 뛰어왔더니 정신이 하나 없네."

"혹시 알아 온 거냐?"

적월이 두 눈을 빛내며 물었다. 그러자 몽우가 가볍게 고개를 끄덕이며 대답했다.

"맞아. 천사단 놈들이 있는 데를 알아냈어."

"좋아, 바로 움직이지."

적월이 자리에서 벌떡 일어났다.

당장이라도 문을 박차고 나가려는 적월의 어깨를 몽우가 다급히 움켜잡았다.

자신을 저지하는 몽우를 적월이 힐끔 쳐다볼 때였다. 몽우가 가볍게 고개를 저으며 작게 중얼거렸다.

"놈들도 우리의 움직임을 알고 있다는 것 같아."

"뭐?"

딱히 꼬리 잡힐 일이 없다 생각했는데 의외의 이야기다. 어떻게 그들이 알아냈을까? 하지만 지금은 그런 것에 대한 의문을 품을 때가 아니다.

이미 들킨 것이 사실이라면 그 후의 일을 처리하는 게 먼저다.

몽우가 급히 말을 이어 나갔다.

"조용히 움직여야 돼. 이 마을 내부에도 그들의 간자가 있을지도 모른다는 말을 들었거든. 아마도 우리가 움직이는 걸 알면 도망치든지 할 수도 있어."

"그래서 어떻게 하자는 거야?"

"몰래 움직여야지."

몽우가 창문을 가리키며 말했다.

사람이 간신히 드나들 수 있을 정도의 작은 창문이다. 그리고 뒤편은 나무들이 가득해 몸을 감추기에도 제격이다.

"뒤쪽을 통해서 가자는 이야기로군."

"응. 놈들도 어차피 희령촌에 있는 게 아니라 바깥으로 나가야 하니 이렇게 뒤를 통해 빠져나가야 놈들이 심어 놓은 간자에게도 들키지 않을 공산이 커."

"좋아, 그럼 옆에 있는 그들에게 가서……."

"말했잖아. 저들이 명객의 눈을 피할 수 있겠어?"

"두고 가자는 거냐?"

"응. 괜히 저들을 데리고 움직이려 하다가는 오히려 우리 꼬리만 잡혀. 어차피 저들은 천사단의 상대가 못 돼. 그건 너도 알잖아?"

애초부터 잔심부름이나 정보통으로 이용하기 위해 데려온 자들이다. 괜히 천사단의 싸움에 끼었다가는 죽을지도 모른다. 싸움에 도움도 되지 않을 자들을 굳이 데리고 가야 할 이유가 없는 건 사실이다.

하물며 저들로 인해 자신의 움직임이 상대에게 들통 날 수도 있다면야 두고 가는 게 당연한 선택이다.

생각을 정리한 적월이 고개를 끄덕였다.

"두고 가지."

"정했으면 서둘러 움직이자. 우리 셋이 움직이고, 요마 씨는 이곳에 남아 계시는 게 나을 것 같군요."

요력은 쓸 수 있지만 그 힘은 미약하다. 큰 싸움이 벌어질 테니 풍천은 이곳에 있는 게 나을 게다.

풍천 또한 그 사실을 알기에 고개를 끄덕이며 대답했다.

"두목님, 전 여기서 기다리겠습니다."

"그래, 좀 이따 보지."

적월 또한 그러라고 말하고는 설화와 함께 병기를 챙기고 창문을 열었다. 가장 먼저 적월이 창문을 조심스레 넘었고, 그 뒤를 설화가 쫓았다.

그리고 제일 마지막으로 몽우가 창문을 넘어가기 위해 기다렸다.

막 창문을 넘으려던 몽우가 멈칫하고는 아래쪽에 서 있는 풍천을 바라봤다. 눈이 마주치자 풍천이 슬쩍 시선을 돌렸다.

아직까지도 명객인 몽우와는 서먹서먹한 그다.

그런 풍천을 바라보던 몽우가 잠시 머뭇거리다 입을 열었다.

"……요력을 숨기고 숨어 계시지요."

의미심장한 말을 건넨 몽우가 그대로 창문을 건넜다. 그러고는 미리 나와 기다리고 있는 둘에게 가볍게 손짓을 하며 선두에서 움직이기 시작했다.

세 사람이 뒷길을 통해 구당협으로 들어섰다.

적월 일행이 떠난 지 일각도 채 안 됐을 무렵이었다.

덜커덩.

주막의 방문이 열리며 주모가 큰 상 하나를 들고는 엉거주춤 방 안으로 들어섰다. 종일 근방을 싸돌아다니느라 피곤했는지 바닥에 누워 있던 대홍련의 무인들이 자리에서 일어났다.

펑퍼짐한 몸매의 주모가 힘겹게 상을 내려놓으며 손등으로 땀을 훔쳤다.

"에고, 힘들어."

"주모, 상다리가 휘어지겠소. 뭐 이리도 많이 차렸소?"

천으로 가려져 있긴 하지만 무엇인가 고소한 냄새가 풍긴다. 상 앞으로 모여드는 세 명의 대홍련 무인을 보며 주모가 사람 좋아 보이는 웃음을 흘리며 말했다.

"종일 뛰어다니시는 것 같아 실력 발휘 좀 해 봤지요. 이 요리가 맘에 드실지 모르겠네요."

"뭐요? 냄새가 무척이나 좋은데."

"제가 최고로 자신 있어 하는 요리지요. 한번 보시렵니까? 아마 까무러치실걸요."

상 앞에 모여든 대홍련 무인들이 장난스러운 주모의 말투에 함박웃음을 터트렸다. 주모가 그런 세 무인들을 바라보며 천 끝을 손가락으로 잡았다.

그녀가 큰 몸을 흔들며 입을 열었다.

"자~ 다들 기대하시라."

말을 마친 주모가 그대로 천을 휙 하니 잡아당겼다. 그리고 그 순간 웃고 있던 세 무인의 표정이 그대로 딱딱하게 굳어졌다.

심지어 한 명은 자신도 모르게 헛구역질을 해 대기 시작했다.

"우욱."

"이, 이게 무슨!"

토악질이 밀려 나온다.

상 위에 올려져 있는 것은 다름 아닌 사람이었다.

머리, 손, 발, 그 외의 신체를 갈가리 찢어 그대로 삶아 버린 인육!

돼지고기처럼 익어 버린 인육을 마주하는 순간 세 무인의 몸이 굳어진다. 그리고 바로 그때였다. 천 사이에서 번개처럼 검 한 자루가 날아들었다.

단 한 번의 움직임. 하지만 세 명의 목이 깨끗하게 날아가 버렸다.

귀신같은 손놀림.

단번에 죽은 자들 또한 무림에서 어느 정도 이름이 알려진 무인임을 감안하면 너무나 손쉬운 죽음이다.

세 사람을 단번에 죽인 주모가 차가운 눈으로 잘려 나간 목을 바라보았다.

그리고 그녀는 문을 열고 바깥으로 걸어 나갔다.

그곳에는 수백에 달하는 자들이 자리하고 있었다.

아이, 노인, 여인, 장정…… 적월이 삼 일 동안 이곳 희령촌에서 지내오며 수도 없이 마주쳐 왔던 자들. 그 구성원들 모두가 바로 명객이었던 것이다.

주모가 걸어 나오자 몇몇의 장정이 그녀에게 걸어와 말했다.

"방에 없습니다."

"쥐새끼 같은 놈들! 어떻게 알고 도망쳤지?"

주모가 화가 난다는 듯이 소리쳤다.

방금 전 말을 걸었던 장정이 물었다.

"쫓을까요?"

"당연하지. 어차피 어디로 갔을지는 대충 짐작이 가니까."

주모가 성큼 계단을 내려왔을 때였다.

방 안에 있는 시신을 가리키며 노인 하나가 물었다.

"저놈들은 어떻게 처리할까요?"

주모가 고개를 돌려 노인을 바라봤다. 그러고는 차가운 목소리로 말했다.

"원래 희령촌에 살았던 놈들처럼 삶아 버려. 오늘 저녁 큰 잔치를 벌이게 될 테니까."

살집 가득한 주모가 턱살이 흔들릴 듯이 웃으며 탐욕스럽게 말했다.

희령촌에서 끔찍한 일이 벌어지는 그 시각, 적월 일행은 그러한 사실도 모른 채 구당협의 안을 걷고 있었다.

기슭이 가파르기로 소문난 구당협인 만큼 그 산세 또한 무척이나 험했다. 하지만 뛰어난 무공을 지닌 그들이었기에 거친 산길도 이들의 발길을 잡을 수는 없었다.

가장 선두에 선 몽우는 입을 굳게 닫은 채로 나무들을 헤치고 걸어 나갔다.

몽우의 바로 뒤편에서 바짝 쫓던 적월이 입을 열었다.

"얼마나 남았어?"

"거의 다 왔어. 조금만 더 가면 될 거야."

낮게 가라앉은 몽우의 목소리에 적월 또한 입을 닫았다.

이곳에서 그리 멀지 않은 곳에 천사단 놈들이 있다면 조그마한 발소리조차 조심해야 한다.

천사단은 명객 내에서도 그 위명이 자자할 정도의 실력자들이다. 조심해서 나쁠 것은 없다.

몽우는 계속해서 걸었다.

이곳 구당협의 지리에 익숙한 것처럼 주변 한 번 두리번거리지 않으며 길을 만들며 걸어 나갔다.

그리고 마침내 구당협에 들어선 지 삼각가량이 흐른 뒤에서야 몽우가 멈추어 섰다.

깎아지른 듯한 경사면을 타고 아래쪽으로 얼기설기 만들어 놓은 나무 집 하나가 눈에 들어온다. 나무 집과의 거리는 이곳에서 얼추 백이십여 장 정도 떨어져 있었다.

몽우가 자세를 낮추며 몸을 숨기고는 손가락으로 나무 집을 가리켰다. 몽우가 아주 조그마한 목소리로 속삭였다.

"저기야."

거리가 제법 됐지만 내공을 사용해 안력을 돋우자 마치 코앞의 광경처럼 그곳의 모습이 속속들이 눈에 들어왔다. 나무 집 앞에는 세 명의 사내가 나와 자리하고 있었다.

몽우와 마찬가지로 경사면에 몸을 감춘 채로 적월은 그들을 바라봤다. 한눈에 봐도 보통 실력자들이 아니다.

적월이 가볍게 고개를 끄덕이며 중얼거렸다.

"저기에 천사단 놈들이 다 있다 이거지."

몸을 감추고 있던 그가 갑작스레 일어났다. 그러고는 여전히 엎드려 있는 설화와 몽우를 바라보며 말했다.

"뭐 해? 놈들이 코앞에 있는데."

"정면으로 갈 생각이에요?"

"그럼 밤을 기다렸다가 야습이라도 할 줄 알았어? 희령촌에 정말 간자가 있다면 우리가 사라진 걸 알아차리기 전에 움직이는 게 낫다고 생각되는데."

"설 소협, 나쁜 생각은 아닌 것 같은데요."

적월의 말에 몽우가 동조하고 나섰다.

둘이 그렇게 나오니 설화 또한 더는 군소리 없이 자리에서 일어났다. 적월의 말대로 시간을 끈다고 좋을 일이 없는 상황이다.

속전속결로 처리해야 한다.

적월이 기슭 면을 타고 내려가기 위해 발을 내디뎠다. 그리고 그 순간 경사를 타고 적월의 몸이 빠르게 아래로 움직였다.

타다닥.

걸음걸이를 숨길 생각도 없는 세 사람의 몸이 그대로 기슭을 타고 상대방의 거처를 향해 나아갔다.

나무 집의 앞에 있던 천사단의 인물들이 이상한 소리를 감지한 것은 적월 일행이 경사면을 거의 내려왔을 때였다. 경사면을 타고 내려오자 두 패거리 간의 거리가 순식간에 반 가까이로 좁혀졌다.

태평하게 앉아 있던 그들 중 하나가 급히 나무 집 안으로 들어가는 게 보였다. 그 모습을 본 적월이 입을 열었다.

"가자."

적월이 가볍게 발을 튕기는 순간이었다.

거리가 순식간에 좁혀졌다.

망설일 것도 없다. 몸을 날리던 적월의 손이 그대로 허리춤으로 향했다. 그리고 이내 번개같이 요란도를 뽑아냈고 그에 맞춰 보랏빛 도신이 사방으로 요사스러운 빛을 뿜어 댔다.

번쩍! 콰앙!

요란도를 뽑는 것과 동시에 폭발이 일었다.

단 한 번의 베기로 나무 집이 산산조각 나며 사방으로 터져 나갔다.

하지만 알고 있었다.

이 정도 공격에 당할 상대들이 아니라는 것을.

그랬기에 적월은 나무 집 안에서 튀어나오는 자들을 보면서도 전혀 당황하지 않았다.

순식간에 나무 집 안에 있던 자들이 모습을 드러냈다.

아홉 명의 무인들이 어느새 나무 집에서 빠져나와 적월 일행과 마주 섰다. 그리고 마지막으로 박살이 난 나무 집의 잔재를 밀어내며 안에서 한 사내가 걸어 나오고 있었다.

타악.

나무를 밀어 옆으로 쓰러트리며 걸어 나온 사내가 적월을 바라본다.

천사단 단주 반철룡이다.

적월을 확인한 반철룡의 표정이 구겨졌다.

직접 대면하는 것은 처음이지만 용모파기를 통해 무척이나 익숙해진 인상착의다. 반철룡은 단번에 상대의 정체를 알아차렸다.

"지옥왕?"

"꼬락서니를 보아하니 네놈이 천사단 단주로군."

풍기는 기도. 그리고 그가 나서는 순간 모두가 입을 굳게 다무는 모습을 보고 알아차렸다.

반철룡이 고개를 끄덕였다.

지옥왕의 존재를 눈으로 보고는 있지만 반철룡의 얼굴에는 이런 상황이 믿기지 않는다는 표정이 가득했다. 그로서는 적월의 이런 방문을 생각조차 하지 못했기 때문이다.

반철룡이 의아스럽다는 듯이 물었다.

"이럴 리가 없는데⋯⋯ 어떻게 우리가 있는 곳을 알아차렸지?"

"그건 지옥에 가서 물어보고."

길게 이야기 나누고 할 것도 없다.

적월의 요란도가 그대로 휘몰아쳤다.

 *   *   *

염왕전(閻王殿).

명부의 주인이자 절대적인 힘을 지닌 염라대왕의 집무실이다. 십오 척 거구의 염라대왕은 커다란 책상에 앉아 자신의 키보다 높게 쌓인 서류들과 씨름을 하고 있었다.

쌓여만 가는 일거리를 보며 염라대왕은 미간을 꾹 눌렀다. 원래부터 일거리가 넘쳤던 명부다. 그런 명부가 명객들이 생기고부터 더욱 일이 복잡해졌다.

그 탓에 염라대왕 또한 쉴 시간도 없이 이렇게 일에 매진해야만 했다.

그런 염라대왕의 옆에는 다문천왕을 제한 나머지 사대천왕들이 자리하고 있었다.

염라대왕의 한숨만이 가득했던 염왕전.

그런 염왕전에 갑자기 다른 소리가 밀려들었다.

쿠우웅.

커다란 염왕전의 문이 소리를 내며 열렸지만 그 누구도 신경을 쓰지 않았다. 애초부터 염왕전에는 허락된 이들만 들어올 수 있다. 그렇다면 지금 문을 통해 나타나는 자는 이 자리에 없는 다문천왕일 것이 분명했다.

아무런 관심도 주지 않았던 염라대왕이 갑자기 고개를 치켜들었다. 문이 열림과 동시에 다급히 달려 들어오는 다문천왕의 모습이 보였기 때문이다.

염라대왕이 은은한 노기를 터트리며 말했다.

"이 무슨 소란이냐."

"다문천왕이 명부의 주인이신 염라대왕님을 뵈옵니다."

황급히 염라대왕의 앞까지 달려온 다문천왕이 부복하며 인사를 건넸다. 하지만 중요한 것은 그것이 아니었다. 떨리는 목소리와 놀란 표정의 다문천왕은 평소의 그가 아니었다.

염라대왕은 단번에 뭔가 일이 벌어졌다는 것을 알아차렸다.

"무슨 일이라도 있는 게냐?"

"알아냈습니다."

"알아내다니."

"지상에 있는 그 혈왕이라는 자의 정체 말입니다."

"오, 드디어!"

염라대왕이 자리를 박차고 일어났다.

혈왕이라는 존재는 무척이나 특별했다. 우두머리인 혈왕은 보통의 명객들과는 달랐다. 애초에 명객이라는 존재를 만들어 낸 것이 그가 아니던가.

보통 인간이 아닐 거라 판단했고 염라대왕은 그때부터 명부의 개입에 대해 조사했다. 명부의 누군가가 이 일에 개입한 것이 아닐까 하고 말이다.

명부에 대해 알고 있고, 이같이 큰일을 꾸민 자가 평범한 인간일 리가 없다.

그랬기에 염라대왕은 확신하고 있었다.

이 일을 꾸민 건 다름 아닌 명부의 누군가라고.

조사를 한 지 벌써 수십 년이 훌쩍 넘었다.

여태까지 알아내지 못했던 그 일에 대해 마침내 다문천왕이 알아낸 것이다.

염라대왕이 들뜬 목소리로 물었다.

"그래, 누구냐? 이번 일에 개입한 그놈의 정체가."

"그, 그것이……."

다문천왕이 순간 더듬거렸다.

사대천왕의 일인인 그의 이러한 모습에 염라대왕이 답답했는지 버럭 소리쳤다.

"내 묻지 않았더냐!"

일갈에 염왕전이 미칠 듯이 흔들렸다.

염라대왕의 고함에 마음을 다잡은 다문천왕이 마침내 입

을 열었다.

"대요괴 나타타(羅他他)입니다."

"……뭐라고?"

다문천왕의 말에 염왕전에 있던 다른 사대천왕도, 심지어 염라대왕조차도 말문이 막혀 버렸다.

나타타.

수백 년 전 명부의 세계를 혼란으로 몰아넣었던 대요괴다. 그를 제압할 이가 아무도 없었기에 염라대왕이 직접 나서야만 했고 그 이후에야 나타타를 잡아 지옥 중의 지옥이라 불리는 무간지옥(無間地獄)에 처넣어 버릴 수 있었다.

명부를 어지럽힌 죄로 그는 평생을 속박당한 채로 무간지옥에서 살아야 하는 최고의 형벌을 받은 것이다.

무간지옥은 지옥 중에서도 가장 끝자락에 위치한 곳이다. 고통이 끊이지 않는 끔찍한 지옥이면서도 동시에 염왕전의 손이 닿지 않는 곳이기도 했다.

그곳은 지옥이면서도 유일하게 염라대왕이 관여할 수 없는 곳이다.

그런 끔찍한 지옥에 갇히게 된 나타타.

한데 놀라운 일이 벌어졌다.

무간지옥에 처박힌 그가 그곳에서 왕으로 군림하기 시작했다.

절대적인 힘.

그리고 끝없는 탐욕.

그 모든 것에 감복한 무간지옥의 악한 요괴들이 그를 따르게 된 것이다.

물론 그들은 평생 무간지옥에서 나올 수 없는 요괴들이었기에 염라대왕은 그런 그들의 이야기에 귀 기울이지 않았었다.

그래서 한동안 잊고 있었는데…….

잠시 가만히 서 있던 염라대왕이 입을 열었다.

"혈왕이 놈의 부하라 이 말이지?"

"아뇨, 그게…… 혈왕이 나타타인 것 같습니다."

"그 무슨 말도 안 되는 소리!"

염라대왕이 버럭 소리쳤다.

요괴는 함부로 지옥문을 넘어 이승으로 가지 못한다. 요기가 얼마 없는 하급 요마면 모를까 어찌 나타타 같은 대요괴가 이승으로 갈 수 있단 말인가.

그것도 무간지옥에 갇힌 요괴가.

불가능하다고 고개를 절레절레 젓던 염라대왕의 얼굴이 순간 굳어졌다.

무엇인가가 생각나서다.

"설마…… 그때 없어진 염라경이 놈의 소행이었단 말인가."

수백 년 전 사라져 버린 염라경이 떠올랐다.

염라경.

명부와 이승 모두를 비춘다고 알려진 물건이다.

하지만 실질적으로 그 모든 것을 보는 건 염라대왕만이 가능하다. 그것이 전부였다면 아무 문제가 없었겠지만 염라경에는 다른 효능이 있다.

그것은 천왕문과도 같은 것이다.

명부와 이승을 잇는 징검다리.

물론 이것 또한 염라대왕이 아니라면 온전히 사용할 수 없다. 염라대왕을 제한 다른 자라면 손에 넣는다 해도 아무런 효능도 발휘하지 못한다.

억지로 이승의 문을 열려고 한다면 염라경은 단번에 조각조각 깨어져 나갈 것이고 그 기능을 잃게 될 것이다.

하지만 대요괴 나타타라면······.

그의 엄청났던 요력이 머리에 떠오르자 염라대왕은 확신을 가질 수 없었다.

물론 불가능하다는 생각이 들었다.

제아무리 요력이 뛰어나도 어찌 그냥 이승으로 넘어갈 수 있겠는가. 그리고 나타타의 본체가 정말로 넘어갔다면 이승이 지금처럼 평화로웠을 리가 없다.

믿을 수는 없지만 염라대왕은 자신 앞에 부복하고 있는 다문천왕을 바라봤다.

명부의 세계가 존재하면서부터 자신을 보필해 왔던 사대천왕의 하나. 그런 그가 언제 허튼소리를 하는 걸 본 적이 있던가?

염라대왕이 천천히 입을 열었다.

"지국천왕, 당장 지옥왕에게 연락을 취해."

"예, 뭐라고 전할까요?"

염라대왕이 지국천왕을 힐끔 바라봤다. 그러고는 낮게 가라앉은 목소리로 말했다.

"지금 이 시간부로 명객의 일에서 손을 떼라고. 지옥왕이…… 상대할 만한 놈이 아냐."

제아무리 적월이 뛰어나다 하지만 상대가 대요괴 나타타라면 승패는 불 보듯 뻔하다.

만약 둘이 만나게 된다면…… 적월은 죽는다.

반드시.

第九章
천라지망
(天羅地網)

당했군

 날아드는 요란도에서는 요력이 넘실거렸다.
 붉게 솟구쳐 오른 요력이 단번에 천사단 명객들을 덮쳐 갔다. 하지만 이들은 그리 호락호락한 자들이 아니었다.
 빠르고 맹렬한 공격이 퍼부어졌지만 이들은 급히 거리를 벌리며 사정 범위에서 벗어났다.
 그러고는 도리어 도를 뽑아 든 반철룡이 적월에게 달려들었다. 그리고 그 뒤를 다른 명객들 또한 뒤따랐다. 순식간에 열 명의 명객들이 날아든다.
 하지만 그들의 병기는 적월에게 닿지 못했다.
 적월의 몸 주변에서 요력이 퍼져 나갔고, 그 힘을 이기지 못한 명객들은 그대로 뒤로 밀려났기 때문이다. 뒤로 밀려난 그들이 한층 더 조심스러운 눈빛으로 적월을 응시했다.

강하다.

적월은 그런 천사단의 시선에 부응이라도 하려는 듯이 더욱 많은 요력을 요란도에 불어 넣었다. 붉게 타오르기 시작한 요력이 그 몸집을 점점 더해 갔다.

"안 오면 또 내가 가지."

나지막한 한마디와 함께 적월이 갑작스럽게 손바닥을 앞으로 쭉 펼쳤다. 그 순간 대지가 흔들리며 그 위에 버티고 서 있던 천사단의 균형이 무너졌다.

그리고 그 순간 요력으로 이루어진 천마신공이 펼쳐졌다.

요란도를 타고 흐르던 요력이 일순 적월의 손으로 몰려들어 천마멸륜장이라 불리는 강기와 견줄 법한 힘이 되어 쏟아져 나갔다.

수많은 불꽃 덩어리가 꼬리에 꼬리를 문다.

하지만 그 미세한 힘마저도 적월의 의지에 따라 움직인다. 사방으로 솟구쳐 올랐던 기운들이 일순간 한 지점을 폭격했다.

쿠아앙!

"크윽!"

반철룡이 낮게 신음성을 토해 냈다. 황급히 빠져나오긴 했지만 그 위력이 보통이 아니다.

상대가 좋지 않다.

천사단이 명객들 중에서 알아주는 이들이라 할지언정 그런 그들이 결코 적월의 상대는 될 수 없었다. 그리고 그러한 사실을 천사단의 수장인 반철룡이 모를 리가 없었다.

지금 같은 상황이라면 우선 빠지는 것이 상책이다. 하나 지금 천사단은 그렇게 움직일 상황이 아니었다. 시간을 벌어야 했다. 그랬기에 위험하다는 걸 알면서도 빠지지 않는 것이다.

"뭐 이리 무지막지해?"

간신히 적월의 공격에서 벗어난 자 중 하나가 놀란 듯 뒤를 돌아보며 중얼거렸다. 떨어져 내린 장력 하나하나에 땅이 터져 나가 버렸던 것이다.

그가 창을 쥔 채로 기수식을 취했다.

이들 모두 알고 있다. 이기기 위해서 싸울 상대가 아니다.

파악.

창을 쥔 명객 하나가 적월에게 달려들었다.

천사단의 실질적인 이인자로 일전 점창파에서 이화신창을 상대로 압도적인 무위를 펼쳤던 바로 그자다.

단 한 번의 도약에 이은 찌르기.

하지만 그 찌르기는 무수히 많은 변화를 보이며 적월에게

천라지망(天羅地網) 239

날아들었다. 적월은 그 공격을 요란도의 도신으로 가볍게 넘기며 그대로 일장을 내뻗었다.

퍼엉!

간신히 반대편 손바닥으로 막아 내긴 했지만 명객은 표정을 구긴 채로 뒤로 밀려 나갔다. 손바닥이 얼얼한지 그가 고통스러운 표정을 지으며 입을 열었다.

"으으, 정말 너무하는군."

"혼자 달려들지 마라. 너 혼자 감당할 상대가 아니니까."

"그럼 단주님은 자신 있으십니까?"

"나도 일대일은 무리지."

반철룡은 자신이 상대에 비해 모자라다 말하는 데 한 치의 망설임도 보이지 않았다. 검은 쥔 무인으로서 상대보다 약하다는 사실이 즐거울 리 없다. 하나 지금은 그런 사적인 감정으로 움직일 때가 아니다.

반철룡은 냉철한 시선으로 상황을 예의주시하고 있었다.

갑작스러운 지옥왕의 등장은 자신들로서는 전혀 예측하지 못한 일이었다. 곧 시작되었어야 할 사냥이긴 했지만 그때가 지금은 아니었다.

하나 지옥왕이 움직였다.

그렇다면 곧 이쪽도 그런 지옥왕의 움직임에 맞춰 일을 준비하고 있을 게다. 지금쯤이면 아마 위쪽에 있는 자들 또한 지옥왕이 자신들을 노리고 움직였음을 알아차렸으리라.

'일각.'

일각이면 충분하리라.

머릿속으로 모든 계산을 마친 반철룡이 손을 들어 올렸다.

"운마혈성진(雲魔血成陣)."

명이 떨어지기가 무섭게 아홉 명의 명객들이 사방으로 흩어지기 시작했다. 명객들의 모습이 사라졌지만 적월은 움직이지 않았다.

알고 있었다.

모습은 보이지 않지만 이미 곳곳에 숨어 자신을 노리고 있다는 사실을. 그들은 적월 일행을 포위한 채로 반철룡의 명을 기다리고 있었다.

유일하게 움직이지 않았던 반철룡이 정면에 선 채로 들어 올렸던 손을 내렸다.

그때였다.

주변에 있던 경관들이 일그러진다.

그리고 그 사이사이에서 천사단의 명객들이 어지럽게 움직이기 시작했다. 덩달아 가만히 서 있던 반철룡의 모습도 사라졌다.

적월이 입을 열었다.

"조심들 해."

적월과 등을 맞댄 채로 서 있는 나머지 두 사람이 고개를 끄덕였다. 그리고 바로 그 순간 환영 같은 움직임 속에서 무엇인가 하나가 날아들었다.

목표는 설화였다.

가장 약해 보이는 그녀를 노리는 공격. 적월이 그 공격을 대신해서 받아 주려 했지만 굳이 그럴 필요도 없었다.

설화의 몸에서 요력이 피어오름과 동시에 상대의 몸에서 불꽃이 일었다.

화악!

달려들던 그 무엇인가가 불꽃에 휩싸이며 황급히 뒤로 빠져나간다. 그 모습을 본 적월이 피식 웃으며 말했다.

"제법인데."

"어느 정도는 다룰 수 있으니까 제 걱정은 마세요."

적월만큼 능수능란하게는 무리지만 명객 하나에게 쉽사리 당할 정도로 약하지 않다. 지혈석을 통해 얻게 된 요력은 그녀의 많은 부분을 성장시켰다.

요란하게 움직이고 있었지만 그들은 쉽사리 공격해 들어오지 않았다.

현혹될 정도의 빠른 움직임.

적월은 그런 그들의 움직임을 가만히 응시하다가 이내 입을 열었다.

"진을 깨야겠는데 둘도 좀 도와야겠어."
"어떻게?"
몽우가 묵룡강마검을 뽑아 들며 물었다.
적월이 손가락으로 한 지점을 가리켰다.
"저기."
더는 길게 이야기할 시간이 없다.
진법을 펼치고 계속 똑같이 도는 듯하지만 그것은 눈의 착각에 불과하다. 점점 자신들을 둘러싼 원의 크기가 줄어들고 있다는 걸 알아차린 건 바로 방금 전이다.
이대로 가다가는 검이 닿을 정도로 가까워질 것이고 그렇게 된다면 쉼 없이 날아드는 공격을 받아 내야만 할 것이다.
적월이 가리킨 한 곳.
이 진법을 형성하고 있는 그들이 모두 지나가는 지점은 오로지 저곳뿐이다. 잘은 모르겠지만 치고 들어간다면 이 진법의 균형을 깰 수 있으리라.
적월이 말했다.
"뒤는 내가 막지. 둘이서 부숴."
"좋아. 제가 신호를 하면 동시에 갑시다, 설 소협."
몽우와 설화가 가볍게 눈을 맞췄다.
그리고 숨을 길게 내쉰 몽우가 입꼬리를 슬쩍 비틀었다. 그것이 신호임을 알아차린 설화는 그대로 몸을 날렸다.

몽우와 설화가 적월이 지목했던 그곳을 향해 달려드는 그 순간이었다. 뒤편에서 무수히 많은 그림자들이 덮치고 들어간다.

기껏해야 열 명에 불과한 자들. 하지만 그 그림자의 숫자는 삼십 개에 달할 정도다.

진법으로 인한 환상.

적월이 그런 그들 사이를 파고들었다.

요란도 끝에 맺힌 불꽃. 아주 작지만 요력이 담긴 도의 끝이 빠르게 주변을 훑는다. 동시에 거짓된 환영들이 모습을 감추기 시작했다.

실체는 고작 세 명.

적월의 요란도가 번개처럼 그들을 반으로 갈라 버렸다. 요력이 가득 실린 천마신공의 천마대수라강기였다. 몰려드는 강기가 순식간에 진법에 균열을 가져다주기 시작했다.

그리고 이내 몰아닥치는 폭풍과도 같은 강기의 가닥들.

강기가 서슬 퍼런 이를 드러내는 바로 그때였다.

목적지에 도착한 설화와 몽우는 그대로 아무것도 없는 허공을 향해 내력이 담긴 공격을 펼쳤다.

쾅앙!

아무것도 없는 허공이거늘 폭음이 인다.

동시에 주변이 깨어져 나간다.

그리고 때맞춰 터져 나간 적월의 천마대수라강기가 진법이 깨어지면서 모습을 드러낸 천사단을 향해 덮치고 들어갔다.

요력으로 만들어 낸 천마대수라강기의 기운이 구당협을 진동시켰다.

쿠아앙!

한쪽에 서 있던 천사단의 명객들은 반응조차 하지 못했다. 아니, 빠져나갈 생각조차 하지 못했다. 그들은 그저 가만히 서서 날아드는 뜨거운 요력 속에 빨려 들어갔을 뿐이다.

"이런……."

반철룡은 차마 말을 잇지 못했다.

땅이 무너져 내릴 정도의 공격. 이것이 어찌 인간이 펼칠 수 있는 힘이란 말인가.

단 한 번의 공격으로 구당협에 협곡으로 향하는 새로운 기슭이 생겨나 버렸다. 그 정도로 적월의 공격은 파괴적이었고 두려웠다.

물론 요력을 실어 천마대수라강기를 펼친 것은 적월에게도 어느 정도 무리가 따르는 일이다. 적지 않은 요력이 사용되는 일이긴 했지만 그래도 그 덕분에 네 명의 천사단원이 그대로 죽어 버렸다.

일부의 요력을 사용하더라도 반수 가까이를 일격에 끝내 버렸으니 손해는 아니다.

적월이 살짝 피곤한 듯한 표정을 지으며 나머지 천사단을 향해 다가가고 있을 때였다.

곤란한 표정으로 반철룡은 적월을 바라보고 있었다.

일각은 벌 수 있을 거라 생각했다.

하지만 아니다.

지금의 상태라면 일각은커녕 다음 공격에 또 남은 이들 중 반수 정도가 죽어 나갈 것이다. 과연 일각이 지난 후 자신이라도 살아 있을 수 있을지 장담할 수가 없다.

도망칠 수도 없고 싸울 수도 없는 상황이었기에 반철룡이 쉬이 결단을 내리지 못하고 있는 바로 그때였다.

— 남서쪽. 양 갈래길. 둘로 나뉘어져서 도망가라. 준비가 끝났다.

머릿속을 파고드는 한 줄기의 전음.

곤혹스러운 표정을 짓고 있던 반철룡의 얼굴에 화색이 감돌았다. 기다리고 있던 연락이 온 것이다.

반철룡이 손가락을 튕겼다.

따악.

그 소리에 살아남은 천사단 명객들의 시선이 반철룡에게로 향했다. 반철룡은 그런 수하들을 향해 고개를 끄덕였다. 그것은 신호였다.

수하들에게 상황을 전달하기가 무섭게 반철룡은 품속으로

손을 넣어 무엇인가를 뿌렸다. 그것은 조그마한 원형 통으로 이루어진 물건이었다.

갑작스러운 반철룡의 행동에 적월이 설화의 앞을 가로막았다. 암기일 거라는 생각 때문이다. 하지만 그런 적월의 예상은 빗나갔다.

퍼엉!

커다란 소리가 터져 나왔지만 그것은 결코 공격의 용도가 아니었다. 터지는 것과 동시에 하얀 연기가 주변을 뒤덮었다.

"젠장!"

독분인가 했는데 그것도 아니다.

이것은 그저 도망치기 위한 눈속임에 불과한 연기였다. 적월은 시야를 가리는 연기를 향해 손을 휘저었다. 그러자 적월의 소맷자락을 통해 터져 나온 바람이 그대로 연기를 밀어내 버렸다.

찰나의 시간이었지만 뛰어난 무인들답게 그들의 신형은 이미 멀리까지 내달리고 있었다.

이곳에서 저들을 놓칠 수는 없다.

적월과 설화, 몽우 셋은 약속이라도 한 듯이 동시에 도망치는 그들을 향해 달려갔다.

무공이 뒤처지는 설화가 점점 거리가 벌어지긴 했지만 그녀 또한 이를 악물고 그 뒤를 쫓았다. 세 사람이 맹렬히 추격

하자 도망치고 있는 천사단의 입장에서도 무척이나 다급해졌다.

'대체 갈림길이 어디야?'

우선 시키는 대로 움직이긴 했지만 눈에 갈림길이 보이지를 않는다. 초조하게 적월의 손을 피해 도주하던 반철룡과 천사단. 그리고 이내 오르막길이 끝나고 내리막길에 들어서는 그 순간 보이지 않던 갈림길 하나가 눈앞에 모습을 드러냈다.

반철룡이 눈을 빛냈다.

'저기다!'

명령이 떨어진 일 차 장소에 이르자 반철룡은 한결 마음이 놓였다. 하지만 그런 감정에 취해 있을 시간이 없었다. 반철룡은 그대로 달려가며 다급히 손짓을 했다.

"나와 너희 둘은 왼쪽, 나머지 셋은 오른쪽."

"옙."

뒤따르는 수하들이 알겠다는 듯이 수긍의 빛을 보였다. 그리고 갈림길에 이르자 반철룡은 명령을 받은 대로 천사단은 두 패로 나뉘어졌다.

뒤쫓고 있던 적월 일행의 눈에도 나뉘어 도망치는 그들이 보이지 않을 리가 없었다. 적월이 나뉘어 도주하는 그들을 확인하는 그 순간이었다.

"우리도 두 패로 갈라지자. 지금 놓치면 안 돼."

달리는 와중에 내뱉는 몽우의 다급한 목소리. 적월 또한 동조한다는 듯이 고개를 끄덕였다. 그리고 그 순간 몽우가 바로 말을 이어 나갔다.

"나와 설 소협이 왼쪽, 넌 오른쪽을 맡아!"

"끝내고 다시 갈림길 시작점에서 만나도록 하지."

몽우의 제안을 적월은 아무렇지 않게 받아들였다.

상대가 강자이기는 하지만 적월은 몽우를 안다. 그러면 결코 저런 이들에게 패하지 않을 것이다. 지주까지 죽여 버린 실력을 두 눈으로 똑똑히 보았으니까.

그랬기에 적월은 몽우의 제안에 아무런 의심도 하지 않았다.

몽우가 달려가는 적월의 뒷모습을 말없이 바라봤다. 그리고 갈림길에 도달했을 무렵 꾹 참고 있던 몽우가 이내 입을 열었다.

"……셋 모두 무사히 만나자고."

말을 마친 몽우가 왼쪽 길로 뛰어들며 소리쳤다.

"설 소협은 이쪽으로!"

설화가 다급히 몽우의 뒤를 쫓았다.

커다란 갈림길. 그 갈림길을 통해 세 사람이 나뉘며 점점 그 모습이 멀어져만 갔다.

그렇게…… 세 사람이 멀어지기 시작했다.

　　　　　　＊　　＊　　＊

　설화, 몽우와 헤어진 적월은 도망치는 천사단의 뒤를 쫓았다. 뛰어난 내력을 지닌 그들의 경공은 가히 놀라울 정도였다.
　한 번의 도약으로 십여 장 가까운 거리들을 튕겨져 나간다. 하지만 그 뒤를 쫓는 적월의 무공은 그들보다 몇 수는 앞서 있었다. 처음엔 제법 멀었던 거리가 점점 좁혀져 들어온다.
　그리고 이내 적월의 사정거리 안으로 도망치는 그들이 들어오고야 말았다. 적월은 그대로 손을 앞으로 쭉 내뻗었고 그 순간 놀라울 정도의 힘이 흘러나오기 시작했다.
　모든 것을 빨아들이기라도 하겠다는 듯이 천사단 무인들의 몸이 뒤로 끌려오기 시작했다. 그런데 또 놀랍게도 그 셋을 제외한 것들은 미동조차 하지 않는다. 적월이 흘려 낸 힘은 천사단의 명객들에게만 영향을 끼치고 있었다.
　요력이다.
　"허엇."
　흡사 허공섭물과도 같이 자신들을 끌어들이는 힘. 일순 당황했지만 그들은 온몸에 내력을 끌어모으며 천근추로 대응했다.

쿠웅.

세 사내의 몸이 약속이라도 한 듯이 동시에 멈추어 섰다. 하지만 그 짧은 틈에 적월은 이미 지척까지 도달한 상태였다.

"다 도망친 거냐?"

"끄응."

천사단의 이인자인 창술을 사용하는 사내가 곤란하다는 표정을 지어 보였다. 생각보다 조금 더 일찍 잡혀 버렸다.

하지만…… 상관없다.

이 정도면 이미 충분하니까.

곤란한 표정을 짓다 갑자기 실실 웃는 그를 보며 적월이 불쾌한 얼굴로 물었다.

"왜 갑자기 쪼개? 죽을 때가 되니 머리가 어떻게 됐냐?"

"크크."

창을 앞으로 내뻗어 간격을 유지하며 그가 옆으로 움직였다. 그리고 그런 그를 따르며 다른 두 명의 명객 또한 적월과의 거리를 유지했다.

찰나의 시간 동안 적월과 천사단 사이에 묘한 침묵이 스치고 지나갔다.

적월이 요란도에 요력을 불어 넣었다.

후웅!

창이 날아들었다.

적월의 코앞으로 치밀어 들어오는 창은 무척이나 재빨랐다. 하나 적월은 가볍게 몸을 비틀며 그 공격을 피해 내며 그대로 상대를 향해 요란도를 휘둘렀다.

하지만 상대 또한 그리 녹록치 않다는 걸 보여 주려는 듯이 뒤로 껑충 뛰어올랐다. 순식간에 거리를 벌리려는 사내, 그렇지만 공격은 아직 끝나지 않았다.

피하고 있던 사내의 발목을 향해 무엇인가가 솟구쳐 올랐다.

땅에서 솟아오른 흙더미였다.

타악.

"헉."

발목이 잡히는 순간 사내는 심장이 덜컹 내려앉는 듯했다. 이런 공격은 상상조차 못 해 봤다. 적월이 요력을 사용해 흙으로 발목을 잡아 버린 것이다.

움직임이 멈추는 바로 그때였다.

번쩍.

요란도에서 짧은 광채가 터져 나왔고 사내는 다급히 내공으로 막을 형성해 몸을 보호했다. 그리고 다른 두 명의 명객은 적월의 양쪽으로 갈라지며 공격해 들어갔다.

팡팡!

두 개의 날아드는 공격을 단 한 호흡에 막아 낸 적월은 이내 몸 주변에 돌고 있는 요력을 폭발시켰다.

퍼엉!

달려들었던 두 명의 명객이 그대로 나자빠졌다.

그리고 처음 공격을 막을 형성해 대항했던 창술의 사내는 어깨가 터져 나가 버린 상태였다.

피가 부여잡은 손가락 사이로 철철 흘러내린다.

"으윽."

운이 좋았다. 아주 조금만 더 깊었다면 아예 잘려 나갔을지도 모른다. 하지만 문제는 다쳐 버린 이 왼손이 거추장스러운 짐이 되어 버렸다는 거다.

너덜거리는 손은 달려만 있을 뿐이지 그 기능을 잃어버렸다.

바닥을 나뒹굴다가 간신히 일어나는 두 명의 명객들을 바라보며 사내가 이를 악물었다. 그러고는 창을 땅에 팍 하고 박아 넣더니 이내 오른손으로 왼쪽 팔목을 잡았다.

그러고는······.

두두둑.

섬뜩한 소리와 함께 팔이 찢겨져 나간다. 스스로의 팔을 뜯어 버린 사내는 그것을 옆으로 툭 하고 던졌다. 살짝 일그러진 얼굴로 사내는 우선 지혈을 위해 왼쪽 어깨의 혈도를 급히 두드렸다.

외팔이가 되어 버린 그가 창을 다시금 움켜잡았다.

스스로의 팔을 뜯어내는 것이 쉬운 선택이 아니었을 텐데도 불구하고 정작 당사자는 크게 내색하지 않는 모습이었다.

적월이 웃으며 말했다.

"제법이네."

"거치적거릴 바엔 없는 게 낫잖아?"

"다시 도망갈 줄 알았는데 먼저 덤벼드는 이유가 뭐야? 설마 날 이길 거라고 생각하는 건 아니겠지?"

적월이 세 명의 명객들을 바라봤다.

천사단 열 명이 온다 해도 자신의 적수는 되지 못했다. 하물며 개중 가장 강하다는 단주조차 이곳에 없는 상황. 이들이 자신을 이길 리가 없다.

그런데도 불구하고 이들은 미친 듯이 달려들고 있다. 방금 전 갑작스럽게 도망치던 모습과는 확연하게 달라진 모습에 적월은 의아했던 것이다.

그런 적월의 질문에 그가 다시금 뜻 모를 미소를 지어 보였다.

"맞아, 넌 강하지."

사내가 순순히 대답했다.

이렇게 세 명이 상대하기에 적월이 너무 강하다는 걸 인정한다. 하지만······.

"너무 깊게 들어왔다는 생각 안 해 봤어?"

"……?"

그때 갑자기 주변이 일그러지기 시작했다. 흡사 안개가 낀 것처럼 새하얀 연기도 풀풀 풍겨 온다.

적월이 표정을 굳혔다.

언제부터였을까?

대체 언제부터 진법 안에 자신이 빠져 있었던 것일까.

보이지 않던 옆길이 갑자기 모습을 드러낸다. 그리고 그곳에서 하나둘씩 낯선 자들이 걸어 나오기 시작했다. 굳이 확인해 보지 않아도 알 수 있다.

명객이다.

정신을 차리고 보니 이미 주변에는 수십 명에 달하는 명객들이 자신을 둘러싸고 있었다. 이렇게 지척까지 다가오는데 알아차리지 못한 이유는 바로 진법 때문이다.

어떠한 종류의 진법인지조차 감이 오지 않는다.

기운이 거세게 흐르고, 또 어디로 가는지도 모르겠다. 보통 진법이 아니다.

그리고 그때 명객들 사이에서 낯익은 얼굴 하나가 모습을 드러냈다. 후덕한 몸집의 여인, 다름 아닌 희령촌의 주모였던 자다.

명객들을 비집고 걸어 나오는 그녀를 확인한 적월의 눈이 커졌다.

"설마…… 명객이었나?"

"호호. 도망친 곳이 오히려 자신을 위해 준비한 묏자리라니. 재미있군."

주모를 확인한 적월이 그제야 조금 더 주변의 사람들을 살폈다. 명객들 사이에서 드문드문 낯익은 얼굴이 보인다.

희령촌에서 보았던 마부, 비파를 켜던 노인. 그리고 그런 노인을 구경하던 어린아이들까지.

그제야 적월은 알 수 있었다.

"……희령촌의 사람들이 모두 명객이었군."

"맞아. 하지만 너무 늦게 알아 버렸네."

"그럼 그곳에 있던 내 수하들은?"

"뭘 물어. 당연히 죽였지, 깔깔!"

커다란 배를 출렁거리며 여인이 신나게 웃었다.

적월이 입술을 깨물었다. 그곳에 남겨 두고 온 풍천이 생각났기 때문이다.

적월이 터지려는 분노를 억누르며 입을 열었다.

"모두 죽였다, 이거지?"

"응. 다 죽이고 전부 커다란 솥에 넣어서 푹푹 삶아 버리고 있어. 내가 인육을 즐기거든. 다른 고기는 영 입에 안 맞아서 말이야."

자신의 배를 만지며 여인이 즐겁다는 듯이 말했다.

하지만 여인은 실수를 해 버렸다.

지금 자신이 도발한 상대가 누구인지 여인은 조금 더 잘 알았어야만 했다.

둘의 거리는 무척이나 가까웠다.

순간 적월이 움직였다.

빠르게 움직인 적월의 손이 그대로 여인의 커다란 배를 파고들었다.

퍼억!

"어억."

손가락이 여인의 뱃가죽을 뚫고 들어갔다.

채 반응도 하기 전에 벌어질 정도로 재빠른 일이었다. 단번에 내장까지 뽑아 버릴 수 있었지만 적월은 그러지 않았다. 배를 움켜 쥔 채로 적월이 여인을 내려다봤다.

그러고는 섬뜩한 목소리로 말했다.

"너에겐 특별한 고통을 선사해 주지."

그때 손가락 끝을 타고 흘러든 요력이 주모 행세를 하던 여인의 몸 안으로 파고들었다. 그리고 그 순간 여인의 몸에서 불꽃이 일었다.

"끼야아악!"

전신 뒤덮는 불꽃이었다.

하지만 이 불꽃은 보통의 것과는 달랐다. 단번에 타들어가야 했지만 살짝살짝 그슬리기만 할 뿐이다. 하지만 그렇다고 해서 전신을 뒤덮은 불꽃의 고통이 작은 것도 아니다.

오히려 몸에 불이 붙어 타들어 가는 것보다 수십 배에 달하는 고통이 밀려든다.

바로 지옥의 불꽃이다.

적월이 전신이 불에 휩싸인 채로 미친 듯이 고통스러워하는 여인을 향해 차갑게 말했다.

"이 불꽃은 네 배 속의 기름기를 모두 태울 때까지 꺼지지 않을 것이다. 네 업보에 따른 벌, 죽을 때까지 고통 받아라."

말을 마친 적월이 이내 다른 이들을 바라보았다.

숫자는 대략 삼십 명이 조금 넘는 것 같다.

적월은 자신의 몸 안의 요력을 살펴보았다. 아직 싸울 힘은 충분하다.

문제는…… 과연 이들이 전부일까?

하지만 더 깊게 생각할 시간이 없었다. 불꽃에 휩싸여 고통스러워하는 여인을 보며 명객들이 움직이기 시작한 것이다.

스르릉.

노인이건 어린아이건 너 나 할 것 없이 모두가 각자의 무기를 꺼내어 든다. 수십 명의 명객들이 뿜어내는 날카로운 예기가 가운데에 서 있는 적월을 향해 날아든다.

섬뜩한 살기에 전신의 털이 곤두선다.

적월은 요란도를 다시금 고쳐 잡았다.

'침착하자.'

구당협을 흐르는 거친 물소리마저 들려올 정도로 모든 감각을 끌어 올렸다.

철썩철썩.

부닥쳐 오는 물소리, 그리고 점점 거리를 좁혀 오는 명객들. 그들의 손에 들린 병기에 달빛이 반사되어 눈이 부실 지경이다.

적월에 대해 잘 아는 탓인지 그들의 무기에는 곧바로 강기들이 맺히기 시작했다. 보통의 무인이라면 평생 꿈도 꾸기 힘든 경지.

하지만 이미 수백 년씩을 살아오며 보통 무인들이 범접하기 힘든 경지에 오른 명객들이다. 그들에게 강기라는 것은 그리 어렵지 않은 일이었다.

서른 개가 넘는 병기에 맺힌 강기들이 사방에서 몸부림친다.

밤이거늘 오히려 낮보다 환하다는 생각이 드는 것은 과연 착각일까?

적월은 요란도를 코앞까지 들어 올렸다.

숫자는 가늠할 수 없다.

이번 천사단의 일부터 그 모든 것이 적월 자신을 끌어들이려는 함정이라는 걸 이미 알아차린 상태였다. 그렇다면 아마도 자신을 죽일 정도로 많은 명객들을 배치했을 것은 자명한 노릇.

명객들은 이곳 구당협에 자신을 죽이기 위해 천라지망과도 같은 함정을 준비해 둔 것이 분명했다.

몇 명이나 될까? 오십? 백? 아니면 모든 명객이 다 모였을까?

'오히려 잘됐어.'

이처럼 스스로가 모여서 와 주니 적월로서는 귀찮은 일을 줄일 수 있어 좋았다.

물론…… 오늘 밤은 무척이나 길 것 같지만 말이다.

적월은 싸움이 시작되기 직전에 자신이 왔던 길을 바라봤다. 진법이 모습을 드러내며 주변의 모든 것이 변했다.

길은 오로지 하나.

자신이 왔던 길도 사라진 상태다. 돌아갈 곳도 없으니 나아갈 수밖에 없다. 그리고 걸어가면 명객들이 준비한 자들이 기다리고 있을 것이다.

피할 생각은 없다.

요란도를 든 반대편 손아귀에 불꽃이 천천히 피어오르기 시작했다. 연기처럼 꿈틀거리는 불꽃이 점점 그 크기를 더해

간다.

"백 명이든 천 명이든…… 모두 상대해 주지."

말과 함께 적월은 그대로 불꽃을 바닥으로 내리쳤다. 그리고 그 불꽃이 지면에 닿는 순간 지옥의 염화가 사방으로 파도처럼 밀려 나갔다.

第十章
혈왕(血王)

드디어 만났군

화아악.

불꽃이 하늘에 닿을 듯이 솟구쳐 올랐다 사라졌다. 그리고 주변을 어지럽게 휘도는 불꽃들 사이에서 한 사내가 천천히 걸어 나왔다.

적월이다.

불꽃은 적월이 원하는 모든 것들을 태우고 있었다.

하지만 적월의 모습 또한 그리 멀쩡해 보이지만은 않았다.

털썩.

적월이 잠시 나무에 주저앉았다. 꺼지지 않을 것만 같던 지옥의 불꽃 또한 적월이 요력을 거두자 점점 사그라졌다. 적월은 나무에 기댄 채로 길게 숨을 내쉬었다.

"후우."

첫 싸움, 그리고 명객들을 죽였다. 일부가 도망치긴 했지만 그래도 개중 반수 이상은 그곳에서 죽음을 맞이했다. 그리고 채 반 각도 걷기 전에 다음 상대들이 나타났다.

이때도 얼추 서른 정도의 명객들이 달려들었다.

그들 또한 상대하고 얼마 가지 않아 또 다른 명객들이 적월을 덮쳐들었다.

이런 일이 몇 차례나 반복됐는지 모르겠다.

그 탓에 적월은 많은 요력을 사용하며 심적으로 지쳐 있었다. 그리고 그토록 많은 명객들의 계속되는 공격에 아무런 부상도 입지 않았을 리가 없다.

적월이 힐끔 고개를 내렸다.

옆구리가 쓰라리다. 비단 옆구리뿐만이 아니다. 등이고 허벅지고 잔부상들을 입었다.

나무에 앉아 채 몇 호흡도 내뱉기 전이었다.

쉐엑!

파공음과 함께 날카로운 비도 한 자루가 방금 전까지 적월의 머리가 있던 곳에 틀어박혔다. 앉아 있던 적월이 재빠르게 고개를 튼 탓에 그 공격을 피할 수 있었다.

공격은 끝나지 않았다.

후두둑!

하늘 위에서 수백 개에 달하는 암기가 쏟아져 내린다. 흡사 만천화우(滿天花雨)라 불리는 사천당문의 비전 암기술을 연상케 하는 공격이다.

봄날의 나무에서 으스스 떨어져 내리는 꽃잎처럼 무수히 많은 암기들이 그대로 적월을 노리고 날아들었다.

적월은 자리에 앉아 있던 그대로 손바닥으로 몸을 밀어내며 옆으로 튕겨져 나갔다. 그렇게 막 거리를 벌리고 다른 나무에 등을 기대섰을 때다.

오싹.

소름이 돋는 감각에 적월이 다급히 고개를 숙였다. 그 순간 나무 뒤편에서 갑자기 뻗어져 나온 손과 손 사이에 이어진 얇은 실이 적월이 아닌 나무를 그대로 자르고 지나갔다.

쿠웅.

쓰러지는 나무 뒤편으로 복면을 쓴 사내의 모습이 눈에 들어온다. 그리고 이내 나무 위에서 다시금 암기가 떨어져 내린다.

적월은 요란도를 휘둘렀다.

창창.

요란도로 암기를 받아 낸 적월은 그대로 방향을 틀며 그것들을 나무 뒤편에 숨어 있던 자에게로 향하게 만들었다.

튕겨져 나온 암기가 복면 사내의 어깨에 박혔다.

"으윽."

피익.

비명을 토하면서도 사내는 급히 손목을 움직였다. 그 순간 보이지 않을 정도의 얇은 실이 적월을 감싸려 들었다.

바닥에서부터 뱀처럼 꿈틀거리며 솟구쳐 오르는 그 실은 치명적인 암기였다. 철마저 두부처럼 잘라 낼 정도의 강도를 지닌 살인 병기.

가볍게 볼이 스쳤을 뿐이거늘 핏줄기가 터져 나온다.

피잇.

날카로운 검에 베인 것처럼 피는 멈추지 않았다. 따끔한 감각을 느끼며 적월은 그대로 위로 날아올랐다. 순식간에 나무 여러 개를 밟으며 도약한 적월의 눈에 위에서 자신을 노리는 명객들의 등이 드러났다.

뒤를 잡힌 그들이 황급히 움직였지만…….

"늦었어!"

고함과 함께 적월의 요란도가 맹수의 포효를 터트렸다.

크르릉!

소리와 함께 터져 나간 수십 가닥의 강기가 그대로 등을 보인 적들을 덮쳐 버렸다. 동시에 주변의 나무들과 바닥, 그 모든 것이 터져 나갔다.

엄청난 공격을 퍼부은 적월이 땅에 내려섰다.

"젠장."

얼굴에 흐르는 피를 닦아 낸 적월이 힐끔 멀리를 바라봤다. 구당협의 거친 산세가 끝없이 이어지고 있다.

잠시 숨을 몰아쉬던 적월은 다시금 발을 옮겼다. 쉬고 있을 시간이 없다.

뒤쪽에서 느껴지는 인기척을 보아하니 이대로 있다가는 또다시 공격을 당할 판이다. 잠시 숨을 고르기 위해 적월은 우선 앞으로 움직였다.

잠시 걸음을 걷던 적월이 이내 수풀 사이로 몸을 감췄다. 그는 그대로 바닥에 드러누우며 기척을 최대한 숨겼다.

'언제 오는 거야?'

적월은 몽우를 기다리고 있었다.

반대 길로 간 설화와 몽우다. 그 둘이라면 세 명의 천사단 명객은 이미 처리하고도 남았다. 아마도 갈림길로 돌아왔을 테고 무엇인가 이상한 것을 눈치채고 자신을 도우러 올 것이라 생각했다.

물론 왔던 길을 갑자기 사라지게 만든 이상한 진법 안에 갇히긴 했지만 명객들의 내부 사정을 속속들이 아는 몽우라면 그 파훼법 또한 알고 있으리라.

가만히 누워 적월은 밤하늘을 올려다봤다.

휘영청 뜬 달이 무척이나 밝다.

무척이나 아름다운 밤이지만…… 그런 아름다움에 취해 있을 시간이 없다.

피비린내가 코를 찌른다.

파악!

적월이 그대로 바닥을 굴렀다. 동시에 날카로운 무기 두 자루가 땅을 훑으며 지나갔다. 자리에서 껑충 뛰어오른 적월의 시선에는 또다시 이십 명에 달하는 명객들이 자리하고 있었다.

그들이 나무 사이사이에 숨어 자신을 바라보고 있다. 그 눈동자에 비치는 감정에는 오로지 살육에 대한 갈망만이 가득하다.

"쉴 시간을 안 주는군."

불만스럽게 말을 내뱉으며 적월이 요란도를 잡았다.

얼마나 죽였을까?

백? 아니면 그보다 훨씬 많을까?

잘 모르겠다. 기억나는 거라곤 계속해서 요란도를 휘둘렀던 것밖에 없다.

쿠웅.

마지막으로 서 있던 사내의 몸을 단번에 반으로 갈라지며 쓰러졌다.

적월이 요란도를 바닥에 꽂아 넣으며 몸을 지탱했다.

"허억, 허억."

숨이 목구멍까지 치밀어 오른다.

입 안에는 단내가 가득하다. 하나둘씩 늘어나기 시작한 부상이 이제는 셀 수조차 없이 많다. 물론 치명상이라고 할 건 없었지만 적지 않게 지친 것은 사실이다.

일전에 지주와 싸울 때의 경험으로 인해 요력을 과하게 사용하지 않으며 최소한의 힘만 분배하며 싸웠다. 그 덕분에 이렇게 버틸 수 있었던 것이지 예전처럼 요력을 마구 뿜어 댔다면 벌써 쓰러지고도 남았으리라.

잠시 제자리에 선 채로 숨을 고르고 있던 적월이 기척을 느끼고는 슬쩍 시선을 돌렸다. 그곳에서는 새빨간 무복을 입고 걸어오는 여인 하나가 있었다.

아름다운 그녀와 적월의 눈이 마주쳤다.

낯익은 여인.

적월이 요란도를 뽑아냈다.

타앙.

"슬슬 얼굴을 드러낼 때가 됐다 생각했는데 마침 왔군, 인주."

"많이 지쳐 보이는데?"

"걱정 안 해 줘도 돼. 널 죽일 정도는 충분히 남았으니까."

"호호. 궁지에 몰리고도 잘난 척은."

인주는 피를 뒤집어쓴 적월의 여유 있는 모습에 비웃음을 흘렸다. 물론 저 피는 자신의 수하인 명객들의 것이다.

혈왕은 적월이 이곳까지 올 거라 말했었다.

하지만 인주는 솔직히 믿지 않았다. 인주의 앞에 도달하기까지 심어 둔 명객의 숫자가 백 명이 넘는다. 그런데 인주에게까지 적월이 온다는 말은 곧 그들을 모두 죽인다는 말이 아닌가.

제아무리 인주라 해도 그 많은 명객을 홀로 감당해 낼 자신은 없다.

그러나 이곳까지 적월이 온 이상 인정해야겠다.

놈은 자신보다 강하다.

하지만…… 그렇다 해도 승자는 자신이다.

그 많은 명객들을 베며 온 적월이 결코 멀쩡할 리가 없다. 그리고 그런 생각대로 적월은 무척이나 지쳐 보였다. 그토록 지친 적월이 자신을 이길 수 있을 거라고는 생각지 않는다.

적월이 얼굴을 타고 흐르는 명객들의 피를 닦아 내며 물었다.

"네가 최종 상대는 아닐 테고 또 뒤에는 누가 있지? 천주? 아니면 환주?"

적월의 말투에 인주의 입가가 씰룩였다.

지금 그의 말투에서 자신은 신경도 쓰지 않는다는 느낌이 묻어났기 때문이다. 인주가 애써 표정을 감추며 대답했다.

"이 뒤에 누가 있는지 네가 알 필요는 없잖아? 어차피 넌 이곳을 지나가지 못할 텐데 말이야."

"글쎄."

적월은 최대한 말을 끌었다.

한 호흡이라도 좋다.

지금 내뱉는 이 한 호흡, 호흡들은 그 어떠한 것보다 소중하다. 몇 번 숨을 몰아쉬었을 뿐이지만 적월은 어느 정도 기력을 회복했다. 몸이 점점 무거워져 가고는 있지만 아직 쓰러질 정도는 아니다.

그리고 인주가 모습을 드러낸 것을 보니 고지가 멀지 않았다는 생각이 들었다.

인주가 쌍검을 뽑아 들었다. 두 자루의 검을 교차시킨 채로 그녀가 자그마한 입술을 열었다.

"넌 절대 여길 못 지나가."

교차시킨 쌍검에서 예기가 뿜어져 나왔다.

일전엔 적월을 상대로 물러나야만 했다. 하지만 이번엔 승부를 낸다. 그리고 이 싸움의 승자는 반드시 자신이어야 했다.

"죽여 주지."

인주가 도약했다.

그녀의 쌍검이 그대로 양쪽 방향으로 그 기운을 터트렸다. 흡사 륜처럼 양쪽에서 날아드는 검기는 무척이나 날카로웠다.

적월이 몸을 낮추며 그 공격을 피해 내는 순간이었다. 그대로 떨어져 내리던 인주의 손에 들린 쌍검이 빛을 쏟아 냈다.

적월이 뒤로 뛰어올랐다.

쿠르릉!

커다란 힘이 땅에 틀어박히며 구당협이 흔들렸다.

돌과 흙들이 터져 나가며 사방으로 흩날린다. 그리고 그 사이에서 인주의 검이 빈틈을 파고들며 날아왔다. 날카롭게 날아드는 검은 눈으로 쫓기 힘든 쾌속을 자랑했다.

번쩍.

돌멩이 하나를 부수며 일직선으로 날아든 검을 향해 적월의 요란도가 이를 드러냈다.

파앙!

쳐 냈다. 하지만 꼬리에 꼬리를 문다.

그것이 바로 쌍검법이다.

그 뒤를 바짝 쫓아온 다음 검이 적월의 어깨를 쑤시고 들어온다. 아슬아슬하게 검이 닿으려는 찰나, 그제야 적월이 몸을 비틀었다.

피잇.

검은 스치고 지나갔고 둘의 거리는 지척이었다.

적월은 그대로 인주의 가슴팍을 향해 손바닥을 내뻗었다. 그리고 이에 질세라 그녀도 적월을 향해 주먹을 휘둘렀다.

퍽!

두 개의 타격음이 흡사 하나처럼 동시에 들려온다.

그리고 마찬가지로 둘 모두 뒤로 밀려 나갔다.

"쿨럭."

인주가 피를 토했다. 그리고 적월 또한 굳게 닫은 입술 사이로 핏줄기가 흘러내렸다.

흘러내린 피가 윗옷을 적신다.

끈적거린다. 하지만 이미 아까부터 수많은 명객들의 피를 뒤집어쓰면서 행색은 엉망이었다.

이렇게 피비린내 나는 싸움터를 전전했던 적이 얼마나 있었던가. 둘 다 피를 토해 내는 상황은 마찬가지였지만, 조금 더 깊게 생각해 보면 누가 더 많은 충격을 받았는지 쉽사리 알 수 있었다.

한눈에 봐도 알 정도로 둘의 밀려난 거리에는 차이가 있었다. 인주가 적월보다 두 배 가까운 거리를 더 밀려 나갔다.

이번 일격에서 오히려 자신이 밀렸다는 걸 인주가 모를 리가 없다. 적월과 마주 선 인주의 두 눈에는 독기가 치밀었다.

치밀어 오르는 화를 인주는 애써 억눌렀다.

'강해.'

뜨겁게 타오르는 가슴을 오히려 차갑게 가라앉힌다.

놈을 죽이기 위해서는 그래야만 한다.

쌍검을 치켜든 채로 인주가 양팔을 활짝 벌렸다. 마치 공격을 들어오라는 듯한 자세. 하지만 그때 그런 인주의 등 뒤에서부터 바람이 밀려오기 시작했다. 그리고 밀려들기 시작한 바람이 점점 검 주변을 감싸듯이 맴돌았다.

무거운 공기가 주변을 짓누르기 시작했다.

적월이 요란도에 요력을 불어 넣었다. 그만큼 지금 인주에게서 섬뜩한 기운이 느껴지는 탓이다.

바람을 끌어모은 그녀가 한 걸음 발을 내디디며 쌍검을 내뻗었다.

"진마폭풍검(振魔暴風劍)!"

검에 걸린 흉포한 바람이 적월을 찢어발길 듯이 날아들었다. 휘몰아치는 거대한 바람은 그 뒤에 따를 거대한 힘을 알리는 선봉대와도 같았다.

쿠아앙!

검에서 밀려드는 압력이 보통이 아니다.

적월 또한 이번엔 가볍게 생각해서는 안 된다 생각했는지 요력을 이용하여 그대로 천마신공을 펼쳤다. 천마대수라강기의 가닥들이 단번에 날아드는 인주의 힘과 부닥쳤다.

인주의 쌍검에서 터져 나온 바람은 모든 것을 뚫을 듯이 맹렬하게 날아들었고, 그런 힘을 적월의 강기가 옆에서 치고 들어갔다.

두 개의 힘이 충돌하자 적월의 몸이 저절로 뒤로 밀려 나가기 시작했다. 그러자 적월은 급히 발에 내력을 실었다.

타악.

버티고 선 적월은 요력의 강도를 더욱 높였다.

바람 사이로 적월의 요력이 파고들었다. 그렇게 적월의 힘이 인주의 바람을 집어삼키고 있을 때였다.

그 순간 인주가 쌍검을 재차 휘둘렀다.

진마폭풍검 연풍(聯風)!

두 자루의 쌍검에서 다시금 바람이 밀려 나온다.

진마폭풍검은 단 한 번의 공격으로 끝나는 무공이 아니다. 처음 공격 또한 보통의 무인으로는 받아 낼 수 없는 수준이지만, 혹여나 그걸 받아 냈다 한들 그 뒤에 이어지는 두 줄기의 바람까지 막아 내는 건 불가능한 일이다.

인주는 그렇게 믿고 있었다.

날아드는 두 줄기의 바람을 보며 적월의 눈동자가 잠시 흔들렸다. 인주의 무공이 생각한 것보다 더욱 강했기 때문이다.

적월은 요란도를 빠르게 오른손으로 움켜잡으며 반대편 손에 요력을 끌어모았다. 손가락 끝에서부터 팔목까지 순식간에 붉은 불꽃이 감돌았다.

 동시에 적월은 오른손에 들린 요란도를 땅에 박아 넣었다. 그리고 그 순간 바람이 적월을 덮쳐 왔다.

 옷자락이 미칠 듯이 펄럭인다. 미친 듯한 광풍은 눈조차 뜨지 못하게 할 정도로 맹렬하다. 그런 폭풍을 향해 적월은 왼손을 내뻗었다.

 쿠웅!

 바람이 적월의 손에 닿는 순간 몸이 절로 허공으로 솟구칠 뻔했다. 하지만 이미 준비하고 있던 적월의 몸은 흡사 태산처럼 견고했다.

 두두두두.

 적월의 손에 닿는 바람이 갈리기 시작했다. 그러나 그건 결코 쉬운 일이 아니었다. 적월의 손 또한 떨리고 있었고 거친 바람으로 인해 팔목의 핏줄까지 모두 솟아올랐다.

 손바닥이 터져 나갔고, 옷의 상체 부위는 너덜너덜해지다 못해 없는 것과 다름없는 상태가 되어 버렸다. 하나, 거대한 폭풍이 휘몰아치고 사라졌을 때 적월은 두 발로 꼿꼿이 서 있을 수 있었다.

 진마폭풍검 연풍까지 단번에 쏟아 냈던 인주는 버티고 서 있는 적월을 보며 놀라운 감정을 감추기 힘들었다.

하지만 그녀는 애써 감정을 추슬렀다.

죽이진 못했지만 그렇다고 해서 아무런 이득도 보지 못한 것은 아니다. 한눈에 봐도 알 수 있을 정도로 적월의 왼손은 엉망이 되어 있었다.

손바닥은 피범벅이었고, 충격을 버텨 내는 것이 쉽지 않았는지 어깨도 부어 있다.

이 상태라면 왼손을 제대로 쓰기 힘들 것은 자명한 노릇이다. 본인 또한 적지 않은 내력을 사용하긴 했지만 이번 격돌로 우위를 점한 것은 분명 인주 자신이다.

하나, 그건 인주의 착각이었다.

땅에 박아 넣었던 요란도, 그것을 눈여겨보지 않았다. 그리고 인주는 그 대가를 받아야만 했다.

득의양양한 미소를 지어 보이며 한 걸음 내디디려던 인주는 섬뜩한 기운에 절로 발을 멈추고야 말았다. 그 섬뜩함이 어디에서 나오는 것인지 채 파악도 하기 전에 사달이 벌어졌다.

화악!

주변으로 갑자기 불길이 치솟는다.

불길은 원을 만들어 인주를 감쌌고, 동시에 그 원 안에서는 폭발이 일기 시작했다.

퍼엉! 펑!

"꺅!"

바로 옆에서 무엇인가가 터져 나가는 순간 자신도 모르게 볼썽사나운 비명을 지르고야 말았다.

'뭐, 뭐야, 이건!'

연신 주변이 터져 나간다. 불길 바깥으로 뛰쳐나가려 했지만 그것도 쉽지가 않다. 커다란 나무처럼 솟아오른 불길은 보통의 것이 아니다. 건너편의 모습이 전혀 보이지 않는 불길은 주변의 그 어떠한 것도 태우지 않았다.

이것이 지옥의 불꽃이라는 걸 알아차린 인주는 긴장하지 않을 수 없었다.

연신 터져 나오는 폭발. 하지만 그게 전부가 아니었다. 인주는 주변이 더 어둑해진다는 걸 느끼며 고개를 치켜들었다.

그때 위쪽으로 높게 솟구쳤던 불의 벽이 무너져 내리고 있었다.

바로 그녀를 향해서.

모든 불길이 단번에 인주를 덮치고 들어갔다. 그것은 흡사 터져 버린 화산을 보는 것만 같았다.

인주는 직감적으로 피할 수 없음을 느꼈다. 모든 곳을 옥죄고 들어오는 걸 대체 어찌 피할 수 있단 말인가.

인주는 내력을 끌어모았다.

그러고는 동시에 호신강기를 불러일으켰다.

내력이 되는 한도 내에서 겹겹이 계속해서 막을 형성했다.

인주의 방어가 끝나기가 무섭게 불길들이 그녀를 덮치고 들어갔다. 일순, 주변으로 말로 형용하기 힘들 정도의 뜨거운 기운이 밀려들었다.

숨도 쉬기 힘들 정도의 고열.

인주는 이를 악물며 전신의 내력을 쥐어짜기 시작했다. 그런데 그때 불길을 가르며 무엇인가가 양쪽에서 인주를 향해 날아들었다.

땅을 박살 내며 솟구쳐 오르는 그 힘은 간신히 버티고 서 있던 인주의 안색을 새파랗게 질리게 만들었다.

'안 돼. 이건 못······.'

생각을 이을 여유도 없었다.

두 개의 기운이 그대로 호신강기를 두드렸다. 그리고 순간 인주는 머리가 멍해질 정도의 충격을 받고야 말았다.

호신강기가 깨졌다.

재빠르게 양손에 내력을 집중해 밀려드는 힘에 저항해 보았지만 역부족이었다. 그대로 불길에 휩싸이며 인주가 나동그라졌다.

"컥컥."

갈비뼈가 부서진 것만 같다.

부서진 뼈가 내장을 상하게 했는지 움직이는 것조차도 고통스러울 지경이다. 입뿐만이 아니라 코에서도 피가 쉴 새 없이 쏟아져 내린다.

몸에 붙은 불은 다급히 내력을 이용해 꺼 버렸지만 상태가 좋지 않다.

전신이 따끔거린다. 머리카락도 불로 인해 반쯤 타 버린 것만 같다. 그런데 신기하게도 옷은 멀쩡하다.

새빨갛게 변한 얼굴로 인주는 자신에게 다가오는 적월을 바라봤다.

무서울 정도로 무표정한 얼굴.

무척이나 지친 기색이지만 그렇다고 해서 지금 자신이 어찌할 상대는 분명 아니다.

적월은 엉망이 된 왼팔을 바라보고는 이내 인주를 향해 말했다.

"이제 끝이냐?"

"이게……!"

인주는 힘겹게 자리에서 일어났다.

계속해서 피를 흘릴 정도로 내상은 입었지만 그렇다고 주저앉아 당할 생각은 없다.

억지로 일어난 그녀는 쌍검을 고쳐 잡았다.

그런 인주를 향해 적월이 말했다.

"아직도 모르겠어? 넌 내 상대가 아니야."

"시끄러워! 쿨럭."

고함을 내지르던 인주가 피를 쏟아 냈다.

분했다.

하지만 지금의 몸 상태로 과연 적월에게 얼마나 더 타격을 줄 수 있을까?

물론 적월 또한 많은 요력을 사용한 탓에 지쳐 있었고, 잔부상들에 이어 지금 인주 때문에 입게 된 왼손의 상처들까지…… 그리 좋은 상태는 아니었지만 둘이 붙는다면 누가 이길지는 굳이 계산해 보지 않아도 될 정도였다.

적월은 기세를 잃은 인주를 바라봤다.

살을 주고 뼈를 갈랐다.

그냥 싸우기에 인주는 녹록한 자가 아니다. 아마 안전하게 싸움을 이어 갔다면 둘의 대결은 꽤나 길어졌을 게다. 최후의 고지에 거의 다 온 상태인지라 적월은 요력을 아끼기 위해 팔 한쪽을 내주면서 인주를 제압해 버린 것이다.

물론 그 계획은 완벽하게 들어맞았다.

넝마가 되어 버린 왼팔, 대신 인주를 손쉽게 제압했으니 손해 본 장사는 아니었다.

둘의 거리는 고작 일 장도 되지 않을 정도로 가까웠지만 인주는 움직일 수가 없었다. 도망쳐야 했지만 몸을 돌리는 순간 요란도가 그녀의 몸을 반으로 쪼개 버리고 말 게다.

지금 적월의 공격을 피할 정도로 인주의 상태가 좋지는 못했다.

적월이 인주와의 거리를 좁히려는 그 찰나.

휘익!

바람이 갈리는 소리에 적월이 몸을 옆으로 틀었다. 옆에서 달려드는 기척을 느낀 탓이다. 공격을 펼칠 거라 생각했는데 그런 일은 벌어지지 않았다.

갑자기 모습을 드러낸 죽립의 사내 하나가 가볍게 착지했다.

적월이 피곤한 표정으로 입을 열었다.

"넌 뭐야?"

"처음 보는군. 천주라고 한다."

천주의 목소리는 서슬 퍼런 칼날을 연상케 할 정도로 차가웠다. 인주를 향했던 관심이 단번에 천주에게로 향했다.

"드디어 마지막 적의 등장이로군. 피곤한데 어서 끝내자고."

적월은 요력을 불러일으켰다.

그러자 천주가 손을 들어 그런 적월을 저지했다.

"아니, 난 너와 싸우러 온 것이 아니다."

"싸우고 말고를 정하는 건 네가 아니야. 바로 나지."

적월이 불쾌한 듯이 말했다.

천라지망에 자신을 유인한 게 바로 저들이다. 그래 놓고 이제 와서 자신은 싸울 생각이 없다니, 이 무슨 말도 안 되는 소리란 말인가.

적월은 당장에라도 천주에게 달려들려 했다.

그런 생각을 알아서인지 천주가 말을 이었다.

"나 또한 널 피할 생각은 없다. 다만…… 혈왕 님께서 널 보고 싶어 하신다."

"뭐? 혈왕?"

천주가 무슨 소리를 하든 단번에 놈에게 요란도를 휘두르려던 적월이 멈칫했다. 그러고는 이내 요란도로 쏟아부었던 요력을 거뒀다.

그런 적월의 행동에서 마음을 읽은 탓일까?

천주가 물었다.

"어때? 따라올 테냐."

"물론이지."

적월은 망설일 것도 없이 대답했다.

애초부터 명객들과의 싸움을 끝내기 위해서는 혈왕을 제거해야 한다는 사실을 뼛속 깊이 느끼고 있는 적월이다. 그렇지만 도통 모습을 드러내지 않는 그를 찾아내지 못하고 있었다.

그런 상황에서 스스로가 적월 앞에 고개를 들이민다니……
이 어찌 피하겠는가?

적월이 물었다.

"혈왕이 어디에 있는데?"

"……바로 저곳에 계신다."

혈왕에 대한 무례한 말투에 천주는 기분이 상했지만 애써 화를 억누르며 손가락으로 조금 더 높은 구릉을 가리켰다.

그리 멀지 않은 거리에 혈왕이 있음을 안 적월의 표정에 생기가 돌았다.

"호오, 가까이 있었군."

이 천라지망의 마지막은 천주나 환주일 거라 생각했다. 하지만 그런 적월의 생각은 빗나갔다. 놀랍게도 이곳에서는 혈왕이 기다리고 있었던 모양이다.

천주가 몸을 돌리며 말했다.

"따라와."

"좋아, 우선은 따라가지."

적월은 요란도를 거두며 답했다.

인주가 황급히 자리에서 일어나려고 하자 천주가 나지막이 명령을 내렸다.

"넌 여기 있어."

"무슨 소리야! 나도……."

"인주, 까부는 걸 봐주는 것도 여기까지다. 더 기어오르면…… 죽는다."

적월을 데리고 혈왕에게 가려던 천주가 고개를 돌려 인주를 바라봤다. 죽립으로 감춰진 얼굴 속에서 살기가 감돈다.

이건 농담이 아니다.

천주가 천천히 입을 열었다.

"여기서 몸 관리나 하고 있어. 다 끝나면 데리러 올 테니."

"……."

인주는 아무런 대답도 하지 못했다.

대답조차 하지 않는 그녀의 모습에서 이미 답을 들은 천주가 적월에게 말했다.

"시간을 끌었군. 가지."

말을 마친 천주가 나무 위로 솟구쳐 올랐다.

그리고 그런 천주의 뒤를 적월이 뒤쫓았다.

천주가 가리킨 그리 멀지 않은 구릉, 그곳으로 올라가는 길은 간단해 보였지만 그렇지 않았다. 진으로 막혀 있는지 천주는 기기묘묘한 발걸음으로 길을 파고들었다.

딱히 언급을 듣지 않았지만 적월 또한 바로 알아차렸는지 천주가 딛는 장소만 밟으며 그의 뒤를 쫓았다.

그렇게 달린 지 반 각이 채 안 되었을 무렵이었다.

주변의 광경이 확 하고 변해 버렸다.

여태까지 적월이 갇혀 있던 진법에서 벗어난 것이다.

주변에 가득했던 피 냄새와 진득했던 공기가 사라졌다. 그리고 그걸 대신해 멀리에서는 꽃향기가 감돌고 있었다.

적월의 눈이 닿는 곳에 한 사내가 자리하고 있었다.

커다란 수정에 몸이 결박되어 있는 그는 쇠사슬에 묶인 채로 적월을 바라보고 있었다.

지독하게 아름다운 사내.

적월과 사내의 눈이 마주쳤다.

긴 검은 머리카락은 흡사 여인의 것과도 같다. 새하얀 피부는 백옥을 연상케 하고 그 오뚝한 콧날은 조각상이 아닌가 하는 착각을 불러일으키게 만든다.

하지만 그런 아름다운 사내의 전신을 칭칭 감고 있는 쇠사슬은 뭔가 이질감을 느끼게 만들었다.

너무나 아름다운 사내가 입을 열었다.

"드디어 만났군."

혈왕이다.

서로가 서로를 죽이려 하는 사이. 하지만 아직까지 둘의 만남은 그렇게 격한 분위기를 풍기지 않았다. 오히려 웃는 얼굴로 혈왕이 자신의 앞에 미리 준비해 둔 자리를 가리키며 말했다.

"와서 앉아."

"사양 않지."

적월 또한 혈왕의 말에 아무런 거리낌 없이 성큼 다가갔다. 그런 적월의 뒤편에 서 있는 천주는 혈왕에게 무례한 그의 행동이 불만스러웠지만 입을 굳게 닫고 있을 수밖에 없었.

적월이 구당협의 풍취를 한가득 느낄 법한 높은 곳에 자리했다. 바로 옆에는 구당협의 거친 물줄기가 보이는 협곡의 끝자락. 적월이 힐끔 혈왕을 바라봤다.

둘의 거리는 지척, 손만 뻗어도 상대의 목숨을 취할 수 있을 정도다.

적월이 미리 준비된 자리에 걸터앉으며 입을 열었다.

"이곳에서 당신을 볼 줄은 몰랐는데 말이야. 어쩐 일로 무거운 몸을 행차하셨는지 모르겠군."

"하하. 지옥왕, 네가 봐도 알 것 아닌가."

말을 마친 혈왕이 자신의 몸을 감싸고 있는 쇠사슬을 잡아당겼다.

"이놈들이 날 옭죄고 있어서 말이야. 솔직히 이렇게 외지에 나오는 것 자체가 쉽지 않은 일이거든, 나에게는."

"그런데 나왔다, 이건가?"

"물론."

"어째서?"

"네가 한번 보고 싶어서 말이야."

말을 마친 혈왕이 가볍게 고갯짓을 했다. 그러자 뒤편에 서 있던 천주가 준비해 두었던 차를 꺼내고는 찻잔을 따라 주었다.

바깥에 두었음에도 불구하고 연기가 모락모락 피어오르는 차를 적월이 가만히 바라봤다.

그런 적월을 향해 혈왕이 웃으며 말했다.

"독은 넣지 않았으니 걱정하지 마."

"그런 걱정은 애초부터 안 했어. 적어도 혈왕이라는 자가 날 그런 식으로 죽일 소인배라는 생각은 들지 않으니까."

"칭찬 고맙군."

혈왕이 즐겁다는 듯이 미소를 머금으며 말했다.

적월이 찬찬히 잔에 손을 가져다 댔다. 그러고는 이내 찻잔 안에 든 차를 목구멍으로 천천히 넘겼다.

뜨겁다. 내상을 입은 속을 달래라도 주는 듯이 뜨거운 기운이 몸의 긴장을 풀어 준다.

너무나 멀쩡한 혈왕과 달리 적월은 피에 잔뜩 젖어 있었다. 왼손도 엉망이고 전신에 크고 작은 부상들이 가득했다. 미친 듯이 싸우다가 갑자기 차를 마셔 본 것도 처음이긴 하지만······.

차가운 바람이 적월의 전신을 스친다.

커다란 협곡으로 이루어진 구당협의 바람은 강물과 산세

로 인해 더 차갑고 날카롭다.

가만히 앉아 차를 마시는 적월을 말없이 바라보던 혈왕이 입을 열었다.

"생각한 것보다 제법이야. 배포도 좀 있어 보이고."

"배포 있는 행동을 한 기억은 없는데……."

"아냐. 내 앞에서 이렇게 당당히 마주 앉은 건 네가 처음이거든."

혈왕이 씩 웃으며 말했다.

어찌 보면 적월에 대한 칭찬으로 들릴지 모르겠으나 그 속내를 보자면 결코 그것은 아니다. 자신의 강함을 과시하고 있는 것이다. 그 누구도 자신과 이렇게 마주 앉지 못했다는 사실을 언급하며 말이다.

적월이 천천히 찻잔을 내려놓았다.

"차가 다 식었군."

"그래? 한 잔 더 하겠어?"

"아니. 이젠 됐어."

말을 마친 적월이 고개를 들어 올렸다. 건너편에 서서 자신을 바라보는 혈왕을 바라보며 적월이 입을 열었다.

"슬슬 끝내야지?"

"그럴 때가 벌써 된 건가? 난 자네를 만나서 하고 싶은 이야기가 제법 있었는데 말이야."

"됐어. 어차피 길게 이야기 나눌 사이가 아니라는 건 서로가 알고 있잖아?"

쉬는 건 이 정도면 족하다.

적월이 천천히 자리에서 일어났다. 그리고 그런 적월을 향해 혈왕이 입을 열었다.

"그 몸 상태로 싸울 수 있겠어?"

"그런 걱정은 네가 안 해 줘도 될 것 같은데."

"뭐, 네가 상관없다면 얼마든지."

촤르륵.

혈왕의 발목을 붙잡고 있는 쇠사슬이 바닥을 쓸어내리며 마찰음을 토해 냈다. 혈왕과 적월의 대화를 듣고만 있던 천주가 황급히 나섰다.

"혈왕 님, 저놈은 제가 처리하겠습니다. 그러니 혈왕 님께서는……."

"아니, 내 손님이니 내가 직접 숨통을 끊어 줘야지. 그게 예의가 아니겠느냐."

적월에게 여전히 기분 좋은 미소를 머금고 있는 혈왕이었지만, 그런 그의 입에서 터져 나오는 말은 결코 그렇지 않았다.

죽인다는 말을 이토록 대수롭지 않게 할 수 있는 이는 결코 흔치 않을 게다. 하지만 그 말이 가볍게 들리지 않는다. 지금 내뱉은 말을 현실로 만들 힘이 있음을 너무나 잘 알기 때문이리라.

적월이 잠시 거두었던 요란도를 꺼내어 들었다.

후우웅.

커다란 기운이 요란도에 맺히기 시작했다.

요력이 주변을 천천히 잠식해 들어갔고, 혈왕은 그러한 변화를 너무나 잘 알고 있었다.

"제법 요력을 다루는군. 인간이라고 믿기 어려울 정도로."

"벌써 놀라기엔 아직 이를 텐데?"

"놀라긴. 그래 봤자 고작 인간일 뿐인데."

픽 하고 웃으며 혈왕이 말했다.

그런 혈왕을 보며 적월이 요력을 그대로 방출시켰다. 요란도에 맺혔던 요력이 그대로 하나의 빛이 되어 섬광처럼 혈왕에게 날아들었다.

단번에 공기를 후끈 불태우며 날아드는 요력을 본 혈왕이 쇠사슬에 묶인 손을 들어 올렸다.

"어리석긴."

쿠우웅!

갑작스럽게 적월은 자신의 몸이 무거워짐을 느꼈다.

요력이 사라졌다. 하지만 그것이 전부가 아니다. 숨을 쉬기가 힘들어졌다. 전신의 털이 곤두서며 무형의 기운이 자신을 짓누른다.

이런 기분을 느껴 본 적이 단 한 번 있었다.

그건 다름 아닌 염라대왕을 처음 마주했을 바로 그때였다.

적월은 지지 않겠다는 듯이 요란도를 땅에 틀어박았다. 동시에 허공을 향해 주먹을 휘둘렀다. 주먹 끝에 맺힌 한 점의 요력이 그대로 불덩어리가 되어 혈왕을 삼키려 들었다.

나름의 회심의 일격.

하지만······.

후우웅.

불덩어리가 혈왕의 근방에 도달하는 순간 사라져 버린다. 혈왕이 손바닥을 들어 올리며 입을 열었다.

"풍(風)."

순간 적월에게로 커다란 힘이 밀려든다.

적월은 황급히 손을 교차시키며 피해를 최소화시켰다.

파파팍.

적월의 몸이 광풍에 휩싸인 듯이 밀려 나갔다.

콰콰쾅!

주변의 지형지물들이 단번에 터져 나갔다.

재빠른 방비를 한 덕분에 치명타는 피할 수 있었다. 하지만 공격을 간신히 받아 낸 적월의 표정은 딱딱하게 굳은 상태였다.

그건 다름 아닌 혈왕이 사용한 힘 때문이다.

"어떻게……."

"후후, 요력은 너만 쓸 수 있을 거라 생각했더냐."

"도대체 정체가 뭐야? 보통 인간은 아닌 것 같다 생각하긴 했지만 요력이라니."

"지옥왕."

나지막한 부름에 적월이 혈왕을 바라봤다.

시선을 마주한 채로 혈왕이 손끝을 까닥였다.

"요력이 뭔지 아느냐? 애초부터 이건 요괴들이 지닌 힘이야. 인간 따위인 네가 사용할 그런 힘이 아니라는 거다. 내가 사용하는 게 이상한 게 아니라, 반대로 네가 사용하는 게 이상한 거지."

"너 요괴냐?"

인간을 깔보고 요괴를 칭송하는 듯한 말투에 적월은 혹시나 하고 물었다. 적월의 질문에 감출 생각이 없다는 듯 혈왕이 솔직히 대답했다.

"그래. 하찮은 인간과는 그 급이 다른 존재지."

"……요괴일 거라고는 생각도 못 해 봤는데."

그때였다.

혈왕이 손을 들어 올렸고 무형의 기운이 다시금 적월을 덮쳤다. 황급히 몸을 움츠렸지만…….

퍼엉!

"크윽!"

허공에서 폭발이 일며 몸을 막았던 양손이 밀려 나갔다. 그리고 그 순간 요력이 다시금 적월을 파고들었다. 요력이 날카로운 쇠망치처럼 가슴을 두드렸다.

그 힘에 정확하게 명치를 가격당하며 뒤로 밀려난 적월은 이내 주변의 기운이 변하는 것을 느꼈다. 요력이 향하는 곳은 다름 아닌 바로 발밑!

적월은 망설이지 않고 뛰어올랐고, 순간 땅을 집어삼키며 날카로운 돌들이 솟구쳐 올랐다. 적월은 그대로 허공에서 요란도를 휘둘렀다.

커다란 불꽃이 그대로 혈왕을 잠식해 들어갔다.

그러나 이번에도 마찬가지였다.

가벼운 웃음과 함께 혈왕이 손을 내저었다. 그저 가벼운 동작에 불과했지만…….

불꽃이 사그라졌다.

타악.

땅에 착지한 적월이 혈왕을 응시했다.

몇 차례 공격을 퍼부었지만 자신의 힘은 그에게 닿지도 못했다.

요력을 나름대로 조절하면서 싸우고 있었는데, 그것은 어리석은 생각이었다. 상대는 그렇게 싸울 만큼 간단한 자가 아니었다.

적월의 전신으로 요력이 퍼져 나갔다.

"호오, 전력을 다한 게 아니었나 보군."

쇠사슬에 묶인 채로 여전히 혈왕은 즐거운 미소를 짓고 있었다. 그런 그를 향해 적월이 길게 숨을 내쉬며 요란도를 겨누었다.

요력이 미친 듯이 날뛰며 요란도를 잠식해 들어간다.

부르르!

전신이 떨릴 정도로 어마어마한 요력이 풍겨져 나간다. 동시에 적월의 요란도에 맺혔던 불꽃들이 여섯 개의 고리가 되어 간다.

천마신공의 마지막 초식 천마파력육환련을 펼치려는 것이다.

여섯 개의 고리에 감싸인 요란도를 든 적월이 그대로 혈왕에게 달려들었다. 혈왕은 맨손으로 그런 적월의 공격을 막아 내야만 했다.

쒜엑!

맨손으로 막을 수 있을 것 같지 않은 공격, 하지만 혈왕은 그대로 팔을 쭉 잡아당기며 오히려 자신을 옭죄고 있는 쇠사슬로 공격을 받아 냈다.

채앵!

커다란 힘이 담긴 요란도지만 쇠사슬은 결코 끊어지지 않았다. 자수정에 달린 쇠사슬을 끊을 수 있는 것은 오로지 지혈석의 힘뿐이다.

적월의 공격은 한 번에서 그치지 않았다.

그대로 폭풍처럼 공격이 이어져 나갔지만 혈왕 또한 가볍게 손을 놀리며 쇠사슬로 요란도를 막아 냈다. 한쪽은 전력을 다하는 것 같은 데에 비해 반대편은 여유가 넘친다.

오히려 공격을 받아 내는 와중에 반대편 손으로 적월의 어깨를 후려쳤다.

퍽!

쇠사슬에 묶인 탓에 공격의 범위가 짧았다.

만약 그의 신체가 자유로웠다면 치명상이 되었을 공격. 적월이 뒤로 밀려 나가며 급히 요란도를 움켜잡았다.

천마파력육환련의 진정한 모습을 보이기 위함이다.

거리가 벌어지는 바로 그 순간 요력이 폭발했다.

그리고 그건 혈왕 또한 예기치 못한 것이기도 했다. 여섯 개의 고리가 단번에 적월의 요란도를 떠나 혈왕에게 날아들었다.

웃고만 있던 혈왕의 미소가 살짝 굳어졌다.

연달아 터져 나오는 여섯 개의 고리가 폭발로 이어진다.

전신이 결박되어 있는 혈왕으로서는 움직이는 것이 용의치 않았기에 그 공격을 그대로 받을 수밖에 없었다. 일전에 삼십 명에 달하는 명객들을 한 번에 쓸어버렸던 무공. 하지만 이번엔 상대가 달랐다.

 폭음과 함께 구당협이 뒤흔들렸다.

 "혈왕 님!"

 놀란 천주가 검을 뽑아 들며 외치는 바로 그 순간.

 "시끄럽구나."

 크르릉.

 자수정과 쇠사슬을 이끌며 혼란 속에서 혈왕이 모습을 드러냈다. 흙먼지를 뒤집어쓰긴 했지만 혈왕은 멀쩡해 보였다. 그저 볼 부분에 자그마한 생채기 하나만을 입었을 뿐이다.

 적월로서는 자신의 공격이 고작 저런 생채기 하나에 그쳤다는 사실이 놀라웠지만, 혈왕은 달랐다. 이렇게 생채기 하나를 입었다는 사실만으로도 아까의 그는 보이지 않았다.

 자신의 볼을 슬쩍 손으로 닦아 낸 혈왕은 피를 보며 믿을 수 없다는 듯이 중얼거렸다.

 "내 피를 보게 될 줄이야."

 화가 났는지 자신도 모르게 본연의 요력이 흘러나온다. 그 힘이 너무나 섬뜩하였기에 적월은 자신도 모르게 식은땀이 흘러내렸다.

혈왕이 적월을 향해 시선을 돌렸다.

그 눈빛을 마주하는 순간 적월은 몸이 굳어 옴을 느꼈다. 너무도 패도적인 기운이다. 전신을 옭죄어 오는 무형의 기운이 너무나 강력하다. 하지만 그런 혈왕의 안색 또한 점점 새하얗게 변해 간다.

적월은 모르고 있었지만 혈왕의 몸은 금제로 인해 멀쩡하지 못했다. 거동이 불편한 것만이 아니다. 너무 많은 시간을 눈을 뜨고 지낼 수도 없고, 또 이처럼 본연의 요력을 사용해서는 아니 된다.

괜히 바깥 외출을 피하며 여태까지 적월이 설치는 것을 두고 본 것이 아니다. 막을 힘은 있었지만 그러기가 힘들었기 때문이다.

혈왕의 등 뒤에서 무엇인가 이상한 형상이 생겨나기 시작했다. 혈왕 본연의 요력을 방출하며 펼치는 그 힘은 적월의 안색을 굳게 만들었다.

그저 요력이 움직이고 있는 것뿐이거늘 그 힘만으로도 움직일 수 없을 정도다.

적월도 더는 망설일 시간이 없었다.

왼손과 오른손이 공명하며 붉은빛을 토해 내기 위해 준비를 시작했다. 그리고 그 순간 혈왕 또한 적월이 천왕문을 열려 한다는 것을 알아차렸다.

그때 혈왕의 입가에 비웃음이 걸렸다.

천왕문이 무엇인지 잘 아는 혈왕이 이토록 웃는 의미는 무엇일까?

바로 그 순간이었다.

"그만하시지요."

힘을 쏟아 내려던 혈왕이 움직임을 멈췄다. 그리고 마찬가지로 천왕문을 열려던 적월 또한 멈칫하고야 말았다.

익숙한 목소리.

적월이 천천히 목소리가 들려온 쪽으로 시선을 돌렸다. 옆의 산길로 한 사내가 모습을 드러낸다. 그곳에서는 아까 전 그토록 기다렸던 몽우가 있었다.

하지만 몽우를 바라보는 적월은 이질감을 느꼈다.

항시 웃고 있던 그가 아니다.

무표정한 얼굴에는 냉기가 가득 흐른다. 눈동자에 살아 넘치던 생기도 사라져 있다.

혈왕이 입을 열었다.

"왔느냐?"

몽우가 고개를 끄덕이며 그에게 걸어갔다.

몽우의 행동에 적월은 그저 멍하니 그를 바라만 보고 있을 수밖에 없었다. 몽우가 찾아온 것은 적월이 아니다. 바로 혈왕이었다.

몽우가 혈왕을 향해 천천히 입을 열었다.

"상태를 잊으신 겁니까? 지금 그 힘을 사용하시면 무리가 갑니다."

"내가 아니면 누가 놈을 죽인단 말이냐. 설마 놈을 놓아주자 말하는 건 아니겠지?"

"그럴 리가요."

몽우가 적월을 바라본다. 그 생기 없는 눈동자를 마주 보는 순간 적월은 상황을 알아차렸다.

이곳에 없는 단 한 명의 회주.

환주.

몽우가 적월을 보며 나지막이 말했다.

"지옥왕은…… 제가 죽이지요."

"네가?"

"예. 어차피 처음부터 그럴 의도였으니까요."

몽우가 차갑게 대답했고, 잠시 가만히 있던 혈왕이 요력을 거두며 고개를 끄덕였다. 아주 잠시 힘을 개방하려던 것뿐이거늘 이토록 심신이 지친다.

혈왕의 허락을 받은 몽우가 적월의 앞에 가서 섰다.

적월은 가만히 자신의 앞에까지 온 몽우를 바라봤다. 애써 아무렇지 않은 척하려 했지만 적월의 입 끝이 미미하게 경련을 일으킨다.

또 배신이다.

믿었던 이에게 다시금 배신을 당했다.

지금 자신이 위험한 상황이라는 것보다도 누군가가 다시금 배신을 했다는 사실이 더 충격적으로 다가온다. 적월이 천천히 입을 열었다.

"몽우."

"응."

몽우가 무덤덤하게 답했다.

그런 그를 향해 적월이 물었다.

"네가 환주였냐?"

"맞아. 그리고……."

몽우가 뒤편에 있는 혈왕을 힐끔 바라봤다. 그러자 혈왕이 그러라는 듯이 가볍게 고개를 끄덕였다. 그 모습을 본 몽우가 고개를 돌려 다시금 적월을 응시했다.

몽우가 입을 열었다.

"내가 혈왕이야."

〈다음 권에 계속〉

DREAMBOOKS

DREAMBOOKS★

DREAMBOOKS

DREAMBOOKS